Un país bañado en sangre

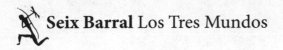
Seix Barral Los Tres Mundos

Paul Auster y Spencer Ostrander
Un país bañado en sangre

Traducción del inglés por
Benito Gómez Ibáñez

Obra editada en colaboración con Editorial Planeta – España

Título original: *Bloodbath Nation*

© 2023, Texto: Paul Auster

© 2023, Fotografías, Spencer Ostrander
c/o Schavelzon Graham Agencia Literaria
www.schavelzongraham.com

© 2023, Traducción: Benito Gómez Ibáñez

© 2023, Editorial Planeta S.A. – Barcelona, España

Derechos reservados

© 2023, Editorial Planeta Mexicana, S.A. de C.V.
Bajo el sello editorial SEIX BARRAL M.R.
Avenida Presidente Masarik núm. 111,
Piso 2, Polanco V Sección, Miguel Hidalgo
C.P. 11560, Ciudad de México
www.planetadelibros.com.mx

Primera edición impresa en España: enero de 2023
ISBN: 978-84-322-4158-1

Primera edición impresa en México: abril de 2023
ISBN: 978-607-39-0043-0

Impreso en los talleres de Quitresa Impresores, S.A. de C.V.
Calle Goma No. 167, Colonia Granjas México, C.P. 08400,
Iztacalco, Ciudad de México.
Impreso en México - *Printed in Mexico*

NOTA DEL AUTOR

Las imágenes que acompañan el texto de este libro son fotografías del silencio. A lo largo de dos años, Spencer Ostrander emprendió varios viajes largos por todo el país para fotografiar el emplazamiento de más de treinta tiroteos masivos ocurridos en las últimas décadas. Las fotografías son notables por la ausencia de figuras humanas y por el hecho de que en ningún sitio haya a la vista ni siquiera la sugerencia de un arma. Son retratos de edificios, construcciones sombrías a veces, desagradables, emplazadas en paisajes norteamericanos anodinos, neutrales: estructuras olvidadas donde hombres con fusiles y pistolas perpetraron horrendas matanzas, consiguieron brevemente la atención del país y cayeron luego en el olvido hasta que apareció Ostrander con su cámara y las trasformó en lápidas de nuestro dolor colectivo.

1

Nunca he poseído un arma de fuego. No una de verdad, en cualquier caso, aunque durante dos o tres años después de dejar los pañales, me paseaba por ahí con un revólver de seis tiros colgando de la cadera. Yo era texano, aunque viviera en el extrarradio de Newark, Nueva Jersey, porque entonces, en los primeros años cincuenta, el Salvaje Oeste estaba en todas partes e incontables legiones de chicos norteamericanos poseían con orgullo un sombrero de vaquero y una pistola de juguete barata enfundada en una cartuchera de imitación cuero. De cuando en cuando, una ristra de petardos de percusión se introducía frente al martillo de la pistola para imitar el sonido de una bala de verdad proyectada hacia donde se apuntara, y al disparar se suprimía del mundo a otro malvado. La mayoría de las veces, sin embargo, era suficiente apretar el gatillo y gritar: «¡Bang, bang, estás muerto!».

La fuente de esas fantasías era la televisión, un fenómeno nuevo que empezó a llegar a amplias multitudes precisamente en la época en que nací (1947), y, como daba la casualidad de que mi padre era dueño de una tienda de electrodomésticos que vendía diversas marcas de televisores, yo ostenté la distinción de ser uno de los primeros habitantes del planeta en vivir con un aparato de televisión desde el día en que nací. *Hopalong Cassidy* y *El Llanero Solitario* son las dos emisiones que mejor recuerdo, pero durante mis años preescolares la programación vespertina también incluía una avalancha diaria de películas del Oeste de serie B de la década de los treinta y principios de la de los cuarenta, en especial las interpretadas por el apuesto y atlético Buster Crabbe y el viejo cascarrabias de Al St. John, su compinche. Todo lo que salía en esas películas y esos programas televisivos era un puro disparate, pero a los tres, cuatro o cinco años yo era demasiado pequeño para comprenderlo, y un mundo nítidamente dividido entre hombres con sombrero blanco y hombres con sombrero negro se adecuaba a la perfección a las confusas capacidades de mi joven y primitivo cerebro. Mis héroes eran zopencos de buen corazón, tardaban en enfadarse, no les gustaba hablar y se mostraban tímidos ante las mujeres, pero distinguían entre el bien y el mal y eran capaces de ganar a puñetazos y a tiros a los bandidos siempre que pendía una amenaza sobre un rebaño de ganado o peligraba la seguridad de la ciudad.

En esas historias todo el mundo llevaba pistola, héroes y villanos por igual, pero solo la del héroe era un instrumento de justicia y rectitud, y, como yo no me imaginaba a mí mismo como villano sino como héroe, el revólver sujeto a la cintura con una correa constituía la señal de mi propia virtud e integridad, la prueba palpable de mi fantasiosa y fingida hombría. Sin la pistola, no habría sido un héroe, solo un niño.

Durante aquellos años ansiaba tener un caballo, pero ni por un momento se me ocurrió desear un arma de verdad, ni siquiera disparar con alguna. Cuando al fin llegó la ocasión de hacerlo, ya tenía nueve o diez años y había superado tiempo atrás mi fantástico mundo infantil de vaqueros televisivos. Por entonces era un atleta, con especial devoción por el béisbol, pero también lector de libros y a veces autor de pésimos poemas, un niño aún que seguía laboriosamente el sendero en zigzag que conduce a ser mayor. Aquel verano, mis padres me enviaron interno a un campamento de verano de Nuevo Hampshire, donde además de béisbol había natación, piragüismo, tenis, tiro con arco, equitación y un par de sesiones semanales en el campo de tiro, donde por primera vez experimenté los placeres de aprender a manejar una carabina de calibre 22 y de disparar balas a una diana de papel fijada a una pared a unos veinticinco o cincuenta metros (he olvidado la distancia exacta, pero entonces me parecía adecuada: ni cerca ni lejos). El monitor que nos entrenaba conocía bien su cometido, y tengo vívidos recuerdos de cómo enseñaba a colocar las manos al empuñar el arma, cómo enfocar la diana a lo largo de la mira al final del cañón, cómo respirar adecuadamente al preparar el disparo y cómo apretar el gatillo con un movimiento lento y suave para lanzar al aire la bala a través del cañón. Yo tenía una vista aguda por entonces, y lo entendí enseguida, primero tumbado bocabajo en el suelo, postura con la que una vez conseguí cuarenta y siete puntos de cincuenta en los cinco disparos que componían una ronda, y luego desde una posición sentada, que entrañaba todo un nuevo inventario de técnicas, pero, justo cuando avanzaba hacia la posición de rodillas, se acabó el verano y así concluyó mi carrera de tirador. Mis padres decidieron que el campamento quedaba muy lejos y al verano siguiente me enviaron a otro más o menos a la mitad de distancia de donde vivíamos, y allí el tiro al blanco no estaba incluido en el catálogo de actividades.

Una pequeña decepción, quizá, pero en los demás aspectos el segundo campamento era superior al primero y no pensé mucho en ello. Sin embargo, más de sesenta años después sigo recordando la espléndida sensación de disparar y acertar en el centro de la diana, lo que me producía una impresión de realización similar a la que experimentaba cuando salía corriendo desde mi posición de parador en corto para atrapar un relé lanzado desde el jardín izquierdo y a continuación girar en redondo para lanzar la bola al receptor mientras un corredor se desplazaba frenéticamente por la tercera base hacia el plato. La sensación de establecer un vínculo entre mi persona y algo o alguien que se encontrara a gran distancia, y el hecho de lanzar una bola o disparar una bala y dar en el blanco en función de un objetivo predeterminado —evitar que alguien consiguiera una carrera cruzando el plato, conseguir una puntuación alta en el campo de tiro—, me producían un hondo y radiante sentimiento de triunfo y satisfacción. El vínculo era lo que contaba, y tanto si el instrumento de esa conexión era una bola o una bala, la sensación era la misma.

La siguiente ocasión en que disparé un arma de fuego llegó cuando tenía catorce o quince años. Para entonces, mi pasión por los deportes se había ampliado, incluyendo además del béisbol el fútbol americano y el baloncesto, y siempre que jugaba en un campo reglamentario o en medio campo, haciendo placajes o contactos, la conexión con alguien o algo que estaba a gran distancia seguía siendo la parte más animada del juego: anotar un tiro en suspensión desde cinco o siete metros o, en mi posición de *quarterback*, lanzar un pase de cuarenta metros al fondo del campo para que cayera en brazos de mi receptor, que iba corriendo a toda velocidad en pos de una ganancia de yardas o de un *touchdown*. En esos años, uno de mis mejores amigos era de familia adinerada, y, no mucho después de que su padre se convirtiese en terrateniente, me invitaron a ir un sábado o un domingo de mediados de noviembre a su pequeña finca del condado de Sussex. La mayor parte de la visita se me ha borrado de la memoria, pero lo que permanece y nunca he olvidado es el par de horas que pasamos tirando al plato en aquel helador paraje rural de árboles desnudos y clamorosos cuervos que descendían en picado. Esta vez no era una carabina del 22 sino una escopeta de dos cañones, un aparato más robusto, más imponente, con un retroceso más fuerte, y ya no disparaba a una diana de papel fijada a la pared sino a un objeto móvil en el aire: un disco negro llamado *plato* lanzado por un dispositivo desde el suelo hacia el aire. Y cuando apuntaba al negro objeto que cruzaba el cielo grisáceo era consciente de que debía actuar con rapidez o el disco se precipitaría al suelo antes de que tuviera ocasión de apretar el gatillo. Por extraño que parezca, no me resultó difícil, y al primer intento ya estaba en condiciones de calcular la velocidad y la trayectoria del disco y por tanto de saber a qué distancia debía apuntar por delante del objetivo de la diana, de manera que en cuanto el cartucho se proyectara por el aire, diera contra el objeto que se movía hacia él. Con el primer disparo acerté de pleno. El disco de arcilla estalló en el aire y cayó al suelo en fragmentos diminutos, y entonces, momentos después, cuando lanzaron el segundo plato, volví a conseguirlo con el segundo disparo. La suerte del principiante, quizá, pero me infundió una sensación de extraña confianza en mí mismo, y mientras esperaba a que mi amigo y su padre consumieran sus respectivos turnos, me dije que aquello debía de tener algo que ver con todos los balones de fútbol americano que había lanzado durante los últimos dos o tres años. Aún más, comprendí que por mucho que hubiera disfrutado disparando a dianas de papel en Nuevo Hampshire, aquella clase

17

de tiro era mucho más satisfactoria. En primer lugar porque era más difícil, pero también porque resultaba mucho más divertido destrozar un plato que hacer un agujero en una hoja de papel. Durante el resto de la tarde no fallé un solo tiro.

Habida cuenta de la naturalidad con que me había aficionado a aquel nuevo deporte, me resulta un tanto desconcertante que no siguiera con él. Seguro que habría encontrado algún club de tiro por alguna parte, incluso en Nueva Jersey, para seguir disparando una o dos veces por semana durante el periodo de tiempo que quisiera, pero, a pesar del gozo que sentí aquel día en la finca, sencillamente me desentendí del asunto. Aún más desconcertante es el hecho de que, en todos los años transcurridos desde entonces, ni una sola vez he tenido otra carabina o escopeta en las manos.

A falta de otra explicación, sospecho que mi indiferencia hacia las armas procede del hecho de que en mi entorno no había nada que me hubiera predispuesto a la afición por ellas. Ni mi padre ni mi madre ni ninguno de nuestros parientes poseían armas de fuego, y nadie tenía nada que ver con la caza de aves o animales ni con el tiro deportivo ni había hablado jamás de adquirir una pistola o un fusil para proteger a la familia de algún allanamiento de morada. Lo mismo podía decirse de todos mis amigos y sus respectivas familias, y, aunque los periódicos de la década de los cincuenta estaban repletos de historias sobre crímenes del mundo del hampa, no recuerdo una sola ocasión en la que una persona de mi ciudad sacara a relucir la cuestión de las armas. Sin embargo, los muchachos que vivían en el campo cazaban animales silvestres con sus padres, los chicos menesterosos de las grandes ciudades se perseguían con pistolas caseras, ganándose la etiqueta de *delincuentes juveniles*, pero en mi mundo más tranquilo de las afueras, que también tenía su cuota de delincuentes, las armas de fuego nunca fueron una cuestión importante. Ni siquiera en los años en que la televisión emitía veinte o treinta *westerns* a la semana y los estudios de Hollywood producían decenas de películas en tecnicolor sobre el Salvaje Oeste. Añádase la multitud de largometrajes y películas televisivas de gánsteres producidos en los años cincuenta y principios de los sesenta, y de un extremo a otro de Estados Unidos millones de pantallas, grandes y pequeñas, estaban llenas de imágenes de violencia con armas de fuego. Yo disfrutaba de esa violencia tanto como el que más, pero, a pesar de todas las escenas que contemplé de tiroteos, emboscadas y hombres que se retorcían por el suelo heridos de muerte, no tuvieron mucho efecto en mí.

Las armas de fuego eran simples accesorios de producciones cinematográficas cuidadosamente escenificadas, y la sangre derramada por los heridos era pintura roja o, en el caso de programas y largometrajes filmados en blanco y negro, sirope de chocolate Hershey's. Mi vida soñada como vaquero texano había concluido años antes, y, basándome en los equivalentes de la vieja frontera que había visto en el siglo xx, también comprendía que de mayor no tenía intención de ser gánster ni —¡Dios me libre!— agente del FBI.

De haber tenido otros antecedentes familiares, lo más probable es que me hubiera aficionado a las armas hasta el punto de que formaran parte integrante de mi vida. Tal es el caso de decenas de millones de norteamericanos a lo largo y ancho del país, y si me hubiera criado en otro sitio con otros padres y en otra clase de vecindario, y si mi padre me hubiera animado a dedicarme al tiro al blanco como uno de los imperativos fundamentales de la masculinidad, un muchacho con dotes innatas para convertirse en un tirador experto seguramente habría seguido su ejemplo con entusiasmo. Pero mi padre no era de esa clase de hombres, y por tanto yo no fui uno de esos muchachos. Había otra cosa, además, algo que yo desconocía, algo esencial que permaneció enterrado a lo largo de mi infancia hasta que tuve veintipocos años, pero una vez que salió a la luz al fin comprendí cuánto debía de aborrecer mi padre las armas de fuego y lo marcada que había estado su vida por la brutalidad de disparar balas auténticas a un cuerpo humano de verdad.

Desde el principio de mi vida consciente siempre he sabido que mi abuelo paterno murió cuando mi padre era pequeño. Yo tenía dos abuelas pero un solo abuelo, y la sombra de esa persona ausente invadía con frecuencia mis pensamientos, incitándome a hacer suposiciones sobre quién habría podido ser aquel hombre y sobre el aspecto que habría tenido, porque en la casa no había ni una sola fotografía suya. Tal como recuerdo, en tres ocasiones diferentes de mi primera infancia pregunté a mi padre cómo había muerto el suyo. Siempre había una pausa antes de que contestara, y, cada vez que me respondía, me contaba una historia diferente de las anteriores. La primera vez que le pregunté me contestó que su padre estaba arreglando el tejado de un edificio alto y se mató al resbalar por el borde y caer al suelo. La segunda resultó muerto en un accidente de caza. La tercera, lo habían matado cuando era soldado en la Primera Guerra Mundial. Yo no tenía más de seis o siete años, pero había vivido lo suficiente para saber que solo se muere una vez, no tres, aunque, por razones que no llego a entender del todo, nunca puse en entredicho a mi padre para que me explicara las contradicciones de sus historias. Posiblemente porque era una persona tan remota, tan callada, que yo ya había aprendido a respetar la distancia que nos separaba y a quedarme obedientemente al otro lado del muro que había construido en torno a sí mismo. Derribar aquel muro y acusarlo de mentir no entraba, por tanto, en el ámbito de lo posible. Tengo un vago recuerdo de acudir a mi madre y preguntarle por las tres historias diferentes que me había contado mi padre, pero su respuesta solo sirvió para dejarme igual de perplejo. «Era tan pequeño por entonces —me dijo— que seguro que no recuerda lo que pasó.» Pero eso tampoco tenía sentido. Mi padre era el menor de cinco hijos, y seguro que sus hermanos mayores se lo habrían contado, incluso aunque su madre se hubiera negado a hablar de ello. Como el tercero más joven de los nueve primos hermanos que éramos, finalmente pregunté a los cuatro o cinco mayores si les habían explicado algo sobre la muerte del abuelo, y uno detrás de otro contestó que había recibido a sus preguntas la misma clase de respuestas evasivas que yo. Los cuatro hermanos Auster y su hermana habían decidido ocultar la verdad a sus hijos, y ninguno de nosotros, la generación más joven, tenía esperanza alguna de desentrañar el misterio de lo que había ocurrido con nuestro abuelo, fallecido mucho antes de que hubiéramos venido al mundo.

Pasaron los años sin avances en ningún aspecto, y entonces, por un golpe de fortuna tan inverosímil que parecía impugnar toda conjetura racional de cómo debe funcionar el mundo, uno de los primos mayores, una prima, se encontró por casualidad sentada junto a un desconocido en un vuelo transatlántico en 1970, y aquel hombre, que se había criado y aún residía en Kenosha, Wisconsin, la misma pequeña ciudad en la que nuestros padres habían vivido con los suyos durante la Primera Guerra Mundial y en años anteriores, desveló el secreto que había permanecido oculto a lo largo de las últimas cinco décadas. Debido a cómo era mi padre y a la clase de persona en que yo me había convertido por entonces, nunca le dije una palabra sobre el asunto durante el resto de su vida, que se prolongó nueve años más a partir de entonces. Yo sabía lo que él sabía, pero él nunca supo que yo lo sabía. Cualesquiera que hubieran sido sus motivos, me había protegido con su silencio cuando yo era pequeño y ahora yo tenía la intención de hacer lo mismo por él en su vejez.

La verdad se reduce a lo siguiente: el 23 de enero de 1919, dos meses después del final de la Primera Guerra Mundial, al comienzo de la tercera ola de la pandemia de gripe española que se había desencadenado el año anterior, y solo una semana después de la ratificación de la Decimoctava Enmienda de la Constitución, que prohibía la producción, el transporte y la venta de bebidas alcohólicas en Estados Unidos, mi abuela mató de un tiro a mi abuelo. Su matrimonio se había roto en algún momento de los dos años anteriores. A raíz de la separación, mi abuelo se había mudado a Chicago, donde se instaló a vivir con otra mujer, pero aquel jueves de 1919 por la tarde volvió a Kenosha para entregar unos regalos a sus hijos, y mientras estaba haciendo la visita, que sin duda él suponía breve, mi abuela le pidió que arreglara un interruptor de la luz en la cocina. Quitaron la corriente y, mientras el penúltimo Auster hijo le sostenía una vela en la habitación a oscuras, mi abuela subió a la planta superior para acostar al menor de sus pequeños (mi padre) y coger la pistola que guardaba bajo la cama del niño, después de lo cual volvió a la planta baja, entró de nuevo en la cocina y realizó varios disparos contra su esposo, de quien estaba separada, dos de los cuales lo alcanzaron en el cuerpo, uno en la cadera y otro en el cuello, que debió de ser el que lo mató. Los periódicos de Kenosha anunciaron que tenía treinta y seis años, aunque sospecho que podría haber sido un poco mayor. Mi padre tenía seis y medio, y mi tío, el chico que sujetaba la vela y fue testigo del asesinato, nueve.

Hubo un juicio, como es natural, y después de que mi abuela resultara inesperadamente absuelta por motivos de locura temporal, sus cinco hijos y ella se marcharon de Wisconsin, se dirigieron al este y acabaron instalándose en Newark, Nueva Jersey, donde mi padre creció en el seno de una familia destrozada y presidida por una matriarca exaltada, trastornada las más de las veces, que adoctrinó a sus hijos para que no dijeran ni palabra, ni entre ellos ni a nadie más, de lo que había pasado en Kenosha. Había pocos recursos, la vida cotidiana era una lucha incesante y, aunque los cuatro chicos trabajaban después del colegio, pagar el alquiler era un problema que ocurría con frecuencia, cosa que los obligó a mudarse varias veces para escapar de la furia de los caseros, lo que a su vez supuso que los chicos cambiaran de colegio a medida que iban pasando de un barrio a otro. Tantas amistades interrumpidas, tantos posibles vínculos rotos, hasta que al final los únicos con quienes podían contar eran ellos mismos. No se trataba de la pobreza digna de una familia venida a menos sino de la miseria severa de una familia que ha tocado fondo, con la correspondiente angustia, ansiedad y rachas de pánico que acompañan al hecho de no tener nunca suficiente.

La pistola era la causante de todo aquello, y los chicos no solo se habían quedado sin padre, sino que vivían con el conocimiento de que lo había matado su madre. Sin embargo, la querían; de un modo obstinado, feroz. Y, por desequilibrada que pudiera mostrarse en ocasiones o caprichosa en el trato que les daba, se mantuvieron firmes y nunca flaquearon en su devoción.

Cuando hablamos de tiroteos en este país, invariablemente centramos el pensamiento en los muertos, pero rara vez hablamos de los heridos, de los que han sobrevivido a las balas y siguen viviendo, a menudo con devastadoras heridas permanentes: el codo hecho añicos que deja inútil el brazo, la rodilla pulverizada que convierte el paso normal en una dolorosa cojera, o el rostro destrozado y recompuesto con cirugía plástica y una prótesis de mandíbula. Luego están las víctimas a las que las balas no han lastimado pero que continúan padeciendo las heridas internas de la pérdida de seres queridos: la hermana tullida, el hermano con lesión cerebral, el padre muerto. Y si tu padre ha muerto porque tu madre lo mató a tiros, y si a pesar de eso sigues queriéndola, casi seguro que irás cayendo poco a poco en un estado mental con tantos cables cruzados que en buena parte acabarás apagándote.

A los tres hijos mayores, que en la época del asesinato ya estaban casi formados, les resultó más fácil acomodarse a la nueva realidad que a los dos pequeños, mi padre, de seis años y medio, y mi tío, de nueve. El chico que presenció el crimen se convirtió en un hombre próspero pero turbado, dado a feroces accesos de cólera, espantosos ataques de gritos, chillidos y rabia incontenible que podía constituir una fuerza huracanada que derribara paredes, casas y ciudades enteras durante sus más virulentos berrinches. En cuanto a mi padre, retraído en su mayor parte, trabajó mucho para transformar su taller de reparación de radios en un negocio de electrodomésticos propiamente dicho, siguió siendo un soltero irresponsable e independiente, y vivió en casa de su madre hasta los treinta y tres años. En 1946 se casó con mi madre, de veintiuno, mujer a quien presuntamente adoraba pero no podía amar, porque para entonces era un hombre solitario, fracturado, cuyo paisaje interior era tan tenebroso que vivía distanciado de los demás, cosa que no lo hacía apto para el matrimonio, de modo que mis padres acabaron divorciándose, y, siempre que pienso en la fundamental bonhomía de mi padre y en lo que podría haber llegado a ser de haberse criado en otras circunstancias, también pienso en la pistola que mató a mi abuelo: la misma arma que destrozó la vida de mi padre.

Aparcamiento del supermercado Safeway.
Tucson, Arizona, 8 de enero de 2011.
6 muertos; 15 heridos (13 por arma de fuego).

Centro de planificación familiar Planned Parenthood.
Colorado Springs, Colorado, 27 de noviembre de 2015.
3 muertos; 9 heridos.

Grandes almacenes Macy's, Cascade Mall.
Burlington, Washington, 23 de septiembre de 2016.
5 muertos.

Ayuntamiento.
Kirkwood, Misuri, 7 de febrero de 2008.
7 muertos; 1 herido.

Instalaciones de Lockheed Martin.
Meridian, Misisipi, 8 de julio de 2003.
7 muertos; 8 heridos.

Supermercado King Soopers.
Boulder, Colorado, 22 de marzo de 2021.
10 muertos; 2 heridos.

Walmart.
El Paso, Texas, 3 de agosto de 2019.
23 muertos; 23 heridos.

2

En 1970, el año en que me enteré de lo de la pistola, pasé un periodo de seis meses en la marina mercante, en calidad de marinero, en un petrolero de la Esso, y fue a bordo de aquel buque donde tuve mi primer contacto con hombres que se habían criado entre armas de fuego y seguían viviendo en íntimos términos con ellas. En su mayor parte nuestro cargamento consistía en combustible para aviones que transportábamos arriba y abajo por la costa del Atlántico hasta el golfo de México. Desde Elizabeth, Nueva Jersey, y Baytown, Texas, emplazamientos de las dos mayores refinerías de la Esso, partían todas nuestras travesías, con habituales paradas en Tampa y otros puertos de paso. A bordo solo había treinta y tres hombres, y, aparte de un par de europeos y de un puñado de norteños como yo, todos los oficiales y miembros de la tripulación procedían del Sur, casi todos de Luisiana y de diversas ciudades costeras de Texas. Dos de esos marineros me vienen ahora a la cabeza, no porque fueran especialmente amigos míos, sino porque, cada uno a su diferente modo, contribuyeron a ampliar mi formación en materia de armas de fuego.

Lamar era un pelirrojo de Baton Rouge, greñudo y bajito, con una mácula de brillante carmesí que le salpicaba el blanco del ojo izquierdo y ocho letras tatuadas en los nudillos de ambas manos: L-O-V-E y H-A-T-E, las mismas marcas grabadas en los dedos de Robert Mitchum en su papel de predicador demente en *La noche del cazador*. Lamar trabajaba como ayudante de engrasador en la sala de máquinas y era más o menos de mi edad (veintitrés). Pese a sus tatuajes de chico malo, me pareció un tipo agradable, de voz suave, y como ambos acabábamos de aterrizar en nuestro primer barco, dio por sentado que éramos aliados y parecía disfrutar de mi compañía cuando no estábamos ocupados con nuestras respectivas tareas. El hecho de que yo fuera del Norte, tuviera un título universitario y hubiese publicado algunos poemas en revistas no era algo que él considerase con recelo. Me aceptó tal como era, igual que yo a él, y nos llevábamos bien; no éramos amigos exactamente, solo compañeros que tenían un trato fácil y amistoso. Entonces llegó la primera revelación, el primer sobresalto. Para entonces nos habíamos contado bastantes historias sobre nuestra vida para que yo creyera que no lo incomodaría si le preguntaba por la mancha encarnada que tenía en el ojo. Sin sentirse ofendido, Lamar me explicó con tranquilidad que le ocurrió unos años atrás cuando un gentío del que él formaba parte arrojaba botellas desde la acera a una marcha de protesta encabezada por Martin Luther King. Una esquirla de vidrio se le metió en el ojo, le atravesó la membrana y le produjo una lesión que al curarse se había convertido en la desagradable cosa roja que lo acompañaría durante el resto de su vida. Con todo, podría haber sido mucho peor, según afirmó, y se sentía afortunado por no haber perdido el ojo.

Hasta entonces, Lamar nunca había dicho en mi presencia una palabra contra los negros, y, cuando le pregunté por qué había participado en aquella cruel estupidez, se encogió de hombros y dijo que en aquel momento le pareció divertido. Era un adolescente y no tenía mucho conocimiento, dando a entender que ahora no volvería a hacer esa clase de cosas. Tampoco habría podido, desde luego, habida cuenta de que a Martin Luther King lo habían asesinado a tiros dos años antes, pero decidí tomar sus palabras como una disculpa, aunque tenía mis dudas. Luego llegó la segunda revelación. Una tarde estábamos en la cubierta viendo cómo una bandada de gaviotas volaba en círculos sobre el barco cuando Lamar me contó otra de las cosas divertidas que le gustaba hacer los sábados por la noche en Baton Rouge cuando estaba aburrido, que consistía en coger su fusil, llenarse el bolsillo de munición, situarse en un paso elevado de la carretera interestatal y disparar a los coches. Sonreía al recordarlo mientras yo intentaba asimilar lo que me estaba diciendo. «Disparar a los coches —le dije al fin—, no me tomes el pelo.» «En absoluto —repuso—, eso es lo que hacía», y al preguntarle si apuntaba a los conductores, a los pasajeros, al depósito de gasolina o a las ruedas, contestó vagamente que disparaba en la dirección general de los coches. Y si hubiera acertado y hubiera matado a alguien, le pregunté, ¿qué habría hecho entonces? Lamar se encogió de hombros otra vez y enseguida me dio una contestación lacónica, indiferente, casi inexpresiva: «¿Quién sabe?».

Esos dos sobresaltos ocurrieron durante mis primeros diez o doce días en el buque, en los siguientes marqué una respetuosa y amable distancia con Lamar, y entonces, una tarde, se acercó a mí para despedirse cuando estábamos a punto de atracar. Al jefe de máquinas no le gustaba su trabajo, me dijo, y le habían dado la patada. Con anterioridad me había dicho que había completado un riguroso curso de formación y que había aprobado un examen para trabajar como engrasador, pero resultó que Lamar había copiado el examen y sabía tanto de las labores de engrasador como yo mismo. Tal como el jefe de máquinas me dijo después: «Ese desgraciado bajito habría sido capaz de volar el petrolero y a todo bicho viviente a bordo, así que le di una patada en el culo y eché de aquí a ese cabrón».

Adiós a mi compañero perdido, al que fuera mi amigo. No solo un racista a botellazos, no solo un fraude peligroso, sino un psicópata vacío para quien no tenía la menor importancia apuntar con el fusil a anónimos desconocidos y dispararles solo por gusto, por el placer que le procuraba. Si se pone un arma en manos de un maniaco, puede ocurrir cualquier cosa. Eso lo sabemos todos, pero cuando el maniaco parece ser un individuo corriente, equilibrado, sin resentimientos ni evidente rencor contra el mundo, ¿qué debemos pensar y cómo tenemos que actuar? Que yo sepa, nadie ha facilitado nunca una respuesta satisfactoria a esa pregunta.

Billy era una especie de animal diferente: dócil, afable y joven, solo dieciocho o diecinueve años, con mucho el miembro más joven de la tripulación. Yo era el segundo más joven, pero, en comparación con el rubio y lampiño Billy, me sentía sumamente mayor. Un chico agradable de una pequeña ciudad rural de Luisiana que hablaba sobre todo de su pasión por los coches trucados y de la caza de ciervos con su padre, a quien se refería como «papá» y «mi papá». Un par de veces bajamos juntos a tierra con el cuarentón Martinez, padre de familia de Texas, pero, aparte de caerme bien Billy y de prometerle que algún día iría a cazar cuando pasara por Luisiana, no llegué a conocerlo más. Nada de eso tiene ya importancia. Cincuenta años después, lo que cuenta es que en una de nuestras paradas en Tampa desembarcamos con Martinez y, mientras los tres esperábamos un taxi para que nos recogiera y nos llevara al centro, Billy hizo una llamada a casa a cobro revertido desde el teléfono público del muelle. Habló con su padre o con su madre durante lo que pareció una excesiva cantidad de tiempo y, cuando colgó, se volvió hacia nosotros con una expresión preocupada en el rostro y dijo:

—Han detenido a mi hermano. Anoche le pegó un tiro a alguien en un bar y está en un calabozo de la cárcel del condado.

No añadió nada más. Ni palabra sobre por qué había disparado su hermano contra aquella persona, ni palabra sobre si la había matado o si seguía con vida, y en ese caso si estaba o no herida de gravedad. Solo lo esencial: el hermano de Billy había disparado contra alguien y ahora estaba en la cárcel.

Sin más elementos que considerar, solo puedo hacer conjeturas. Si su hermano mayor se parecía al propio Billy, es decir, si era un ser humano bonachón, razonablemente equilibrado, que funcionaba como tal, y no un chiflado como Lamar, de gatillo fácil, se dan todas las papeletas para que el tiroteo de la noche anterior fuera provocado por alguna discusión, quizá con un antiguo amigo, tal vez con un desconocido, y que los efectos desinhibidores del alcohol también desempeñaran un papel decisivo en la historia. Una cerveza de más y una disputa verbal que estalla súbita e inesperadamente para transformarse en una pelea a puñetazos. Esas cosas pasan cada noche en bares, pubs y cafés a lo largo y ancho del mundo, pero las narices ensangrentadas y las mandíbulas doloridas que suelen seguir a esas peleas en Canadá, Noruega o Francia muchas veces acaban con heridas de armas de fuego en Estados Unidos. Las estadísticas son a la vez crudas e instructivas. Los norteamericanos tienen veinticinco veces más posibilidades de recibir un balazo que los ciudadanos de otros países ricos, supuestamente avanzados, y, con menos de la mitad de población de esas dos decenas de países juntos, el ochenta y dos por ciento de las muertes por arma de fuego ocurren aquí. La diferencia es tan grande, tan chocante, tan desproporcionada con lo que sucede en otras partes, que hay que preguntarse por qué. ¿Por qué es tan diferente Estados Unidos, y qué nos convierte en el país más violento del mundo occidental?

Colegio West Nickel Mines (escuela de una sola sala de los amish).
Bart Township, condado de Lancaster, Pensilvania,
2 de octubre de 2006.
6 muertos; 5 heridos.
Todas las víctimas eran niñas de entre seis y trece años.
El colegio fue demolido a la semana siguiente y sus terrenos
se dedicaron al pasto. Seis meses después erigieron otra escuela
en una ubicación cercana.

Instituto Marysville–Pilchuck.
Marysville, Washington, 24 de octubre de 2014.
5 muertos; 3 heridos.

Centro de estudios superiores Umpqua.
Roseburg, Oregón, 1 de octubre de 2015.
10 muertos; 9 heridos.
El edificio donde se produjo el tiroteo fue demolido
y en su lugar se construyó una nueva estructura.

Instituto Marjory Stoneman Douglas.
Parkland, Florida, 14 de febrero de 2018.
17 muertos; 17 heridos.
El edificio donde se produjo el tiroteo fue demolido
y en su lugar se construyó una nueva estructura.

3

Según una reciente estimación del hospital pediátrico del Philadelphia Research Institute, actualmente hay 393 millones de armas de fuego en poder de residentes en Estados Unidos: más de una para cada hombre, mujer y niño de todo el país. Cada año, unos cuarenta mil norteamericanos mueren por heridas de arma de fuego, lo que equivale al número de muertes causadas por accidente de tráfico en las carreteras y autovías de Estados Unidos. De esas cuarenta mil muertes producidas por arma de fuego, más de la mitad son suicidios, lo que a su vez equivale a la mitad de todos los suicidios por año. Si a eso se añaden los asesinatos efectuados con pistolas y las muertes accidentales causadas por armas de fuego, el promedio indica que diariamente hay más de cien norteamericanos muertos a balazos. A ese mismo promedio diario hay que agregar más de doscientos heridos, lo que supone ochenta mil al año. Ochenta mil heridos y cuarenta mil muertos, o ciento veinte mil llamadas a la ambulancia y a Urgencias cada vez que el calendario marca doce meses, pero el número de casos producidos por la violencia de las armas va mucho más allá de los cuerpos perforados y ensangrentados de las propias víctimas, y se amplía a la devastación que sacude a sus parientes, cercanos y lejanos, sus amigos, sus compañeros de trabajo, sus vecinos, los colegios, las iglesias, los equipos de sóftbol y comunidades en general —la vasta legión de vidas afectadas por la presencia de una sola persona que vive o ha vivido entre ellos—, lo que quiere decir que el número de norteamericanos directa o indirectamente marcados por la violencia de las armas asciende a millones cada año.

Esa es la realidad, pero, por mucha utilidad que tengan las cifras en las que se apoyan esos hechos, no responden a la pregunta de por qué se producen en Estados Unidos y no en ninguna otra parte. Matanzas y derramamiento de sangre a esa escala y a ese nivel de frecuencia parecerían llamar a una acción nacional, un esfuerzo concertado entre el gobierno federal, municipal y estatal para controlar lo que por cualquier parámetro de comprensión racional es una crisis de salud pública. La relación de Estados Unidos con las armas de fuego, sin embargo, es cualquier cosa menos racional, y por tanto poco o nada hemos hecho para solucionar el problema. No es por falta de inteligencia o de medios para mitigar esa amenaza contra la seguridad y el bienestar de la sociedad, sino que por complejas razones históricas nos ha faltado voluntad, y nos hemos vuelto tan obstinados en nuestra negativa a enfrentarnos con el problema que en 1996 el Congreso prohibió el uso de fondos federales a los Centros para el Control y Prevención de Enfermedades (CDC) para llevar a cabo investigaciones que «pudieran utilizarse para propugnar o promover el control de armamento». En cambio, considérense los avances realizados con los coches que conducimos y la concienzuda forma en que hemos reducido las tasas de mortalidad y lesiones causadas a lo largo de los años por accidentes de tráfico. Y no hay que llamarse a engaño: los coches no son muy diferentes de las armas de fuego. Un fusil automático de largo alcance y un Chevy de dos mil kilos que circule por la autovía a ciento veinte o ciento cuarenta por hora son instrumentos igualmente letales.

El automóvil lleva con nosotros desde finales del siglo XIX, y al principio de su vida el coche sin caballos no se consideraba sino como una versión más rápida, motorizada, del carruaje tirado por caballerías. En consecuencia, no había leyes ni reglas que rigieran su uso: no existían carnés de conducir, por ejemplo, lo que significaba que no había exámenes en carretera para demostrar la competencia al volante, ni señales de *stop*, ni semáforos, ni límites de velocidad, ni luces de freno, ni espejo retrovisor ni lateral, ni luces que indicaran el giro a derecha o izquierda, ni sanciones por conducir borracho, ni parabrisas inastillables, ni salpicaderos acolchados ni cinturones de seguridad. Poco a poco, durante la mayor parte del siglo XX fueron incorporándose todas esas mejoras —incorporándose por ley y aplicándose—, y por ello las carreteras, calles y autovías del país son ahora más seguras. Todos los años sigue habiendo un número escalofriante de muertes por accidentes de tráfico en Estados Unidos, pero, en comparación con las vertiginosas tasas de choques violentos de los años veinte, treinta y cuarenta, el porcentaje de accidentes por número total de kilómetros conducidos por más de trescientos millones de norteamericanos en cerca de trescientos millones de vehículos matriculados —camiones, furgonetas, turismos, autobuses y motocicletas— se ha reducido realmente en gran medida. Lo cual suscita la siguiente cuestión: si podemos enfrentarnos a los peligros que representan los coches y utilizamos el cerebro y el sentido del propósito común para combatir tales peligros, ¿por qué no hemos sido capaces de hacer lo mismo con las armas de fuego?

Las armas llevan con nosotros más tiempo que los automóviles, desde luego, pero los coches son mucho más grandes que las pistolas y por tanto más visibles, y después de circular durante los últimos ciento veinte años se han hecho un hueco en el imaginario norteamericano no menos dominante que la fascinación producida por nuestra pasión por las armas. Automóviles y armas de fuego son los dos pilares de nuestra mitología nacional más profunda, porque el coche y la pistola o el fusil representan cada uno por su cuenta una idea de libertad y autonomía individual, las formas más emocionantes de autoexpresión de que disponemos: atrévete a pisar a fondo el acelerador y de pronto estás circulando a una velocidad de ciento cuarenta kilómetros por hora; flexiona el dedo índice en torno al gatillo de tu Glock o de tu AR-15 y el mundo es tuyo. Tampoco nos cansamos de ver esas cosas ni de pensar en ellas. Los dos elementos más apreciados de las películas norteamericanas son desde hace mucho el tiroteo y la persecución de coches, y, por muchas veces que nos perdamos en el espectáculo de esas emociones fuertes que, hábilmente orquestadas, se representan en la pantalla, seguimos volviendo por más.

Por otro lado, pese a las semejanzas entre armas y coches, también existen diferencias fundamentales. Las armas existen con el exclusivo propósito de acabar con la vida, mientras que los coches se fabrican para transportar a los vivos de un sitio a otro, y, aunque demasiados conductores, pasajeros y peatones acaban muertos mientras van en coche y por culpa de otro coche, decimos que su muerte es *accidental*, una consecuencia trágica de los riesgos y peligros de la carretera. En cambio, casi cada muerte producida por arma de fuego es *intencionada*, ya sea a manos de un soldado en la batalla, un cazador que acecha a un ciervo en el bosque, un asesino desquiciado o despiadado en la calle de una ciudad o en la cocina de alguna casa, un atracador armado presa del pánico mientras roba una joyería o una persona destrozada, desesperada, que se bebe media botella de bourbon en una habitación en penumbra y luego se pega un tiro en la sien. Los coches son una necesidad en la vida civil de Norteamérica. Las armas de fuego no; y, a medida que más y más norteamericanos han llegado a entenderlo, el porcentaje de hogares que poseen armas se viene reduciendo a un ritmo constante desde los últimos cincuenta años, de la mitad a un tercio, hasta lo que ahora será inferior a una tercera parte, y sin embargo el número de armas que en la actualidad poseen los estadounidenses es mayor que nunca: lo que significa que un número cada vez más reducido de norteamericanos compra cada vez más armas.

¿Cómo explicar esa enorme diferencia y por qué en este momento de nuestra historia los norteamericanos se han ido distanciando cada vez más en la cuestión de las armas, cosa que ha conducido a que la mayoría de nosotros no quiera tener nada que ver con ellas y para algunos —una minoría que contiene millones— son fetiches que representan la libertad norteamericana, un derecho humano fundamental reconocido a todos los ciudadanos por los artífices de la Constitución? Hace cincuenta años, cuando surcaba las aguas del golfo de México como marinero raso, habría contestado que era una simple cuestión de dónde había nacido uno, cómo lo habían criado y qué esperaba de uno la familia y la comunidad. De haber nacido en la Luisiana rural, como mi compañero Billy, es casi seguro que la caza habría sido una actividad normal en mí, pero habida cuenta de que había nacido en otra parte, me había criado de modo diferente y no tenía que disparar a los animales, no lo era. La política no tiene nada que ver —ni en mi caso ni en el de Billy— y, para no olvidar dónde nos encontramos, hablo del año 1970, justo en plena guerra de Vietnam, que dividió a los estadounidenses casi de la misma forma en que hoy se encuentran divididos, pero incluso en aquella época de multitudinarias manifestaciones contra la guerra, de caos y revuelta urbana, de múltiples asesinatos de nuestros dirigentes más destacados (John F. Kennedy, Malcolm X, Martin Luther King, Robert F. Kennedy), las armas de fuego aún no se habían convertido en un candente problema político, aunque pistolas y potentes fusiles de largo alcance fueran los instrumentos con que se perpetraron tales asesinatos.

Lógicamente, el próximo paso sería que me pusiera a hablar del crecimiento de la Asociación Nacional del Rifle, la Segunda Enmienda, el movimiento por el control de las armas de fuego y las diversas posturas manifestadas por partidarios de ambos aspectos de la cuestión, pero todos los argumentos y sus contrarios ya nos resultan demasiado familiares, y además, y sobre todo, está el hecho más importante de que el inmenso problema al que nos enfrentamos como país es probable que no se resuelva promulgando nuevas leyes, anulando leyes anteriores o imponiendo innovadoras medidas de seguridad a través del Congreso. Una legislación fragmentada podría contribuir a mitigar algunos daños, pero nunca se dirigirá al meollo del problema, y dado que hemos fallado en utilizar el sentido común para afrontar la violencia de las armas como una amenaza a la salud pública —tal como hemos hecho con los accidentes de tráfico, el consumo de cigarrillos, el amianto, los aerosoles y otros incontables síntomas perniciosos de la vida moderna—, no me imagino que nos fuera a ir mejor mirando, más allá del Congreso, a los tribunales como árbitros definitivos de lo que hacer y lo que no. Un bando vencerá, el otro perderá, y en el mismo momento en el que los ganadores expresen su regocijo por la victoria, los perdedores clamarán de indignación porque se les ha infligido una flagrante injusticia y entonces volveríamos al punto en el que nos encontramos ahora.

Con objeto de entender cómo hemos llegado a esto, tenemos que distanciarnos del presente y volver al principio, a la época anterior a la invención de los Estados Unidos de América, cuando Norteamérica no era más que una serie escasamente poblada de asentamientos blancos dispersos por trece lejanas avanzadillas del Imperio británico. Nuestra prehistoria colonial duró ciento ochenta años, y la mayor parte de esa caótica época de formación se vivió en un estado de inacabable conflicto armado. Por la misma razón que otros reinos europeos sentían pocos o ningún escrúpulo en conquistar y someter a poblaciones indígenas a lo largo y ancho de los mares (España, Portugal, Francia, Holanda), los colonos norteamericanos nacidos en Inglaterra estaban convencidos de que poseían un derecho divino para habitar cualquier parte de los remotos lugares del Nuevo Mundo que ahora consideraban su hogar, aunque ello significara desplazar a la gente que casualmente ocupaba esas tierras y que las había ocupado durante miles de años antes de la llegada de los ingleses. No es preciso comentar la reacción de los indios a la postura agresiva e intransigente de sus nuevos vecinos, ni tampoco voy a recitar el triste catálogo de guerras libradas entre las tribus del territorio y los colonos en los siglos XVII y XVIII, lo que incluía incontables incursiones en aldeas indias que con frecuencia acababan en matanzas: el justificado sacrificio de todo hombre, mujer y niño que allí viviera, después de lo cual se prendía fuego hasta a la última vivienda de la aldea, que quedaba reducida a cenizas.

Para llevar a cabo esas operaciones militares, los colonos organizaban milicias compuestas de todos los hombres físicamente capaces mayores de dieciséis años. No solo se requería que cada hombre se proveyera de un mosquete por su propia cuenta —haciendo de la posesión de un arma más que un simple derecho, hasta convertirla en una obligación, un deber cívico—, sino que además se le exigía servir en la milicia hasta que fuese demasiado viejo para tenerse en pie y llevar el fusil, lo que significa que, ya fuera tendero, campesino o diácono, también era soldado profesional, tanto si le gustaba como si no. Los colonos consideraban que vivían amenazados, y, a menos que se unieran para defenderse contra el enemigo común, peligraría el futuro de sus hogares y de sus ciudades e incluso su presencia en la Nueva Jerusalén que imaginaban estar creando.

Miedo unido a violencia, con las balas como recurso principal. Es una combinación que recorre todos los capítulos de nuestra historia y hoy sigue siendo un hecho esencial de la vida en Estados Unidos. También están presentes hoy en día los persistentes efectos de otro fenómeno norteamericano de comienzos del siglo XVII, la trata de esclavos, la abominación que perduró a través de la época colonial, sobrevivió a la fundación de la República, acabó despedazando el país y nos sigue desgarrando de múltiples maneras cuatrocientos años después de que los ingleses impusieron su nuevo sistema económico del trabajo sin coste realizado por seres humanos secuestrados y sometidos tanto en las trece colonias como en diversas islas del Caribe bajo dominio inglés. Que yo sepa, no hay registros que indiquen resistencia por parte de los colonos que esperaban beneficiarse de esa grotesca innovación. Cuando los esclavistas blancos de Barbados empezaron a trasladarse a Carolina del Sur en el decenio de 1670, importaron las prácticas de la gestión esclavista que ya habían establecido en su anterior hogar, entre ellas la creación de una fuerza miliciana conocida como *patrulla de esclavos*, absorbida en las milicias más numerosas dedicadas a luchar contra los indios y exterminarlos, a la que se confería el poder de supervisar un código de normas por las cuales (entre otras cosas) todos los esclavos enviados por sus amos a hacer un recado debían enseñar un pase a cualquier blanco que los parase y los interrogara, y para asegurar el mantenimiento de una economía basada en mano de obra sin coste se le concedía carta blanca para perseguir y capturar a esclavos fugados. Así empezó la centenaria tradición de frenéticos hombres negros chapoteando por pantanos y perseguidos por los aullidos de una jauría de sabuesos entrenados con el único propósito de cazar fugitivos, y, cuando los atrapaban, los azotaban con látigos hasta que les sangraba la espalda para luego llevarlos de vuelta a sus amos. En realidad, las patrullas esclavistas constituyeron el primer cuerpo policial de Norteamérica, y hasta el término de la guerra de Secesión funcionaron como una especie de Gestapo del Sur.

Con el tiempo, la guerra contra los indios y la guerra para proteger la institución de la esclavitud alcanzaron su plenitud cuando los norteamericanos iniciaron el largo proceso de expansión territorial más allá de las trece colonias. Había mucho dinero que ganar con la apropiación de las tierras al oeste de los montes de Allegheny en el valle del Ohio, también conocidas como *territorio indio*, y a mediados del siglo XVIII y durante toda la guerra francoindígena (1754-1763) los colonos norteamericanos ampliaron las fronteras de su mundo, ninguno de ellos con más inteligencia y beneficios que el soldado y topógrafo George Washington, que, dedicándose a la especulación del suelo, amasó una fortuna poco antes de cumplir treinta años. La esclavitud se extendió a esas nuevas regiones, y mientras aquel suelo fértil se iba convirtiendo en territorio blanco se produjeron muchas matanzas de indios, pero cuando la guerra terminó, con la victoria de Inglaterra sobre Francia, los británicos intentaron poner coto a la insaciable hambre de tierra de los colonos. En su libro sobre la historia de las armas en Estados Unidos, profundamente documentado y expuesto de manera muy convincente, *Loaded* (2018), Roxanne Dunbar-Ortiz resume la situación con claridad y muestra cómo ese conflicto sobre la tierra fue una de las principales causas de la Revolución:

Para consternación de los colonos, poco después de la firma del Tratado de París de 1763, el rey Jorge III dictó un bando por el que se prohibían los asentamientos al oeste de la cadena montañosa Allegheny-Apalaches, ordenando que los ya instalados renunciaran a sus reivindicaciones territoriales y volvieran a las trece colonias del reino. Pronto resultó evidente que las autoridades británicas necesitaban más soldados para hacer cumplir el edicto, ya que miles de colonos lo pasaban por alto y continuaban instalándose en gran número en las montañas, ocupando tierras indígenas, creando milicias armadas y azuzando la resistencia indígena. En 1765, con objeto de que se respetara la disposición del bando, el Parlamento británico gravó a los colonos con la Ley del Timbre, un impuesto sobre todo tipo de material impreso que debía pagarse en libras británicas, no en papel moneda local. El icónico lema colonial de protesta, «imposición sin representación es tiranía», marcó la oleada de rebelión contra el control británico pero no lo explicaba todo, considerando para qué era el impuesto: pagar el coste del alojamiento, alimentación y transporte de soldados para contener a las colonias y evitar una mayor expansión en territorio indio.

Diez años después de la Ley del Timbre se iniciaron los combates entre soldados británicos y colonos norteamericanos en Boston y alrededores. Un año después, la Declaración de Independencia expuso las razones y el objeto de la rebelión: establecer un país aparte, autónomo y libre del dominio británico. Como es bien sabido, el segundo párrafo empieza diciendo: «Sostenemos como evidentes estas verdades: que todos los hombres son creados iguales; que son dotados por su Creador de ciertos derechos inalienables; que entre estos están la vida, la libertad y la búsqueda de la felicidad».[1] Tales palabras siguen constituyendo una doctrina sagrada en la mentalidad norteamericana, el credo fundamental sobre

1. Nótese que, según las convenciones gramaticales de la época, la expresión *todos los hombres* incluye también a todas las mujeres. Teóricamente, en cualquier caso, porque en realidad las mujeres no tenían la misma posición en la sociedad norteamericana: ni durante la época colonial ni a raíz de la fundación de la República. Por citar un ejemplo entre muchos, considérese que no se les concedió derecho al voto hasta 1920. Cien años después continúa la lucha por la plena igualdad. *(Todas las notas del libro son del autor.)*

el que se fundó la República, y sin embargo, como todo el mundo sabe, esas palabras son un embuste y como tal se las consideraba el día de su publicación, porque *todos los hombres* significa TODOS LOS HOMBRES, e *iguales* quiere decir IGUALES, así como *libertad* significa LIBERTAD, y el hecho de que la recién declarada República formulara tal afirmación cuando grandes cantidades de gente que habitaban en su territorio estaban esclavizadas y por tanto no eran iguales, se les negaba la libertad y en realidad se las consideraba como enseres personales, es decir, un artículo más de los bienes muebles personales del mismo modo que un cerdo, un perro o una calesa son propiedad de alguien era un ejercicio de tan sublime hipocresía que privaba de sentido a tal proclamación. La ocasión requería la inmediata abolición de la esclavitud —como cláusula principal de nuestro documento fundacional—, pero, como el mundo entero sabe, eso no se produjo.

Thomas Jefferson, el niño prodigio de veintiséis años que redactó el primer borrador de la Declaración, era quizá el más puro ejemplo del conflicto ontológico que subyace en el corazón del proyecto norteamericano. Hijo de una familia acaudalada que poseía esclavos, comprendía, no obstante, que la esclavitud era (en sus propias palabras) una «espantosa mancha» y una «depravación moral», al tiempo que se encargaba del mantenimiento de una propiedad con seiscientos esclavos y tenía media docena de hijos con Sally Hemings, una esclava mulata, hermanastra de su mujer fallecida. Y, sin embargo, en el verano de 1776, en aquellos primeros momentos de su larga carrera, Jefferson se sintió obligado a abordar la cuestión de la esclavitud en el borrador original de la Declaración. Entre su larga lista de agravios dirigidos al rey británico se encuentran las dos denuncias siguientes:

> Ha librado una guerra cruel contra la propia naturaleza humana, quebrantando sus más sagrados derechos a la vida y a la libertad en las personas de un pueblo lejano que nunca lo ofendió, haciéndolas cautivas y transportándolas a la esclavitud en otro hemisferio, o enviándolas a una muerte miserable durante el transporte.

> Resuelto a mantener abierto un mercado en el que se compran y se venden hombres, ha prostituido su negativa a suprimir todo intento legislativo de prohibir o restringir ese comercio execrable.

Palabras duras, aunque no lo suficiente, porque si Jefferson condena de manera justificada al rey por haber llevado ese «comercio execrable» al Nuevo Mundo, no dice nada sobre la participación voluntaria y activa de los colonos en él, y en ninguna parte sugiere la abolición de la esclavitud. Aun así, los dos párrafos fueron excluidos del borrador final de la Declaración en una fórmula transaccional con las colonias sureñas para garantizar su colaboración en la guerra contra los británicos. Y, así, la idea más importante de la Declaración —que todos los hombres son creados iguales— quedó fatalmente dañada al transformar la palabra «todos» en «algunos» o «casi todos», excluyendo a la población negra esclava de las filas de la humanidad. Los negros constituyeron el sacrificio que impulsó la Revolución y condujo a la fundación de la República. Siniestramente, entonces, como anticipando todo lo que iba a venir, en el mismo momento en que los firmantes de la Declaración daban vida a la República, el Norte ya capitulaba ante el Sur con objeto de mantener la solidaridad de un frente unido, lo que estableció el precedente que ha seguido saboteando nuestra democracia desde entonces: permitir que una minoría mantenga cautiva a una mayoría y doblegarla a voluntad, dándonos así una democracia regida por un gobierno minoritario.

Aún peor, esa debilitada forma de gobierno fue consagrada por escrito en una ley federal por los hombres que redactaron la Constitución once años después, cuando se otorgó un poder desproporcionado al Sur mediante una cláusula que permitía a los estados de la región contar a cada uno de sus esclavos como tres quintas partes de un ser humano, lo que a su vez les permitía incrementar el número de representantes que podían elegir al Congreso. Así fue y así continuó siendo hasta que, después de la guerra de Secesión, se añadieron a la Constitución la Decimotercera, Decimocuarta y Decimoquinta Enmiendas: y, una vez más, los negros fueron el sacrificio.

Tres quintas partes de una persona. Cómo me hubiera gustado escuchar las conversaciones de aquellos hombres ilustrados mientras hilaban fino para determinar qué fracción de vida humana debían asignar a un esclavo. Si Jonathan Swift hubiera vivido por entonces, habría utilizado la escena en uno de los capítulos de *Gulliver*, y el mundo entero se habría reído ante su ingenio satírico sin igual.

Lafayette: «Jamás habría desenvainado la espada por la causa de América si hubiera considerado que con ello fundaba un país de esclavitud».[2]

2. A la larga, la abolición de la esclavitud solo incrementó el poder de la minoría del Sur, convirtiendo las tres quintas partes

Sin embargo, ese país vulnerable logró producir una Constitución y establecer así las normas de gobierno por las cuales seguimos rigiéndonos: un documento flexible que «a fin de formar una Unión más perfecta» ha experimentado una serie de cambios significativos desde que se redactó en 1787. Lo que ahora denominamos Carta

en cinco quintas partes, cifra que se hizo enteramente imaginaria cuando los estados sureños sortearon las Enmiendas Decimocuarta y Decimoquinta y privaron del derecho al voto a los negros a raíz del fin de la Reconstrucción. En muchos aspectos, la subsiguiente época de las leyes segregacionistas Jim Crow fue aún más peligrosa para la población negra de lo que había sido la esclavitud, porque durante el régimen anterior el cuerpo de los negros se consideraba una propiedad, es decir, una fuente de riqueza que podía comprarse y venderse, cosa que procuraba una especie de protección al esclavo. Ahora que el cuerpo de las personas negras había perdido su valor monetario, se las sometió a formas de represión e intimidación cada vez más violentas.

Miles de mujeres y hombres negros fueron linchados en los años de las leyes Jim Crow, y se produjeron matanzas de comunidades de negros libres en Wilmington, Atlanta, el Este de San Luis, Tulsa y otras ciudades del país. Incluso en estos momentos, en nuestra época presuntamente más ilustrada, el fantasma de Jim Crow vive en numerosos ámbitos de la sociedad estadounidense: en el sistema judicial, por ejemplo, con sentencias desiguales entre delincuentes blancos y negros mientras un desproporcionado

78

de Derechos, que en su mayor parte trata de la libertad personal y la protección del individuo, se añadió al texto original con objeto de recabar el apoyo de un número de estados suficiente para garantizar la ratificación. Lo que nos lleva a la Segunda Enmienda, esa frase ambiguamente formulada, extrañamente puntuada, que aparece en la primera página de la Declaración y que se ignoró durante la mayor parte de nuestra historia hasta que dejó de ignorarse y de pronto, como de la noche a la mañana, se convirtió en el elemento más conflictivo del debate sobre las armas que mantiene dividido al país desde hace cincuenta años: «Siendo necesaria una milicia bien organizada para la seguridad de un Estado libre, no se violará el derecho del pueblo a poseer y portar armas».

Mares de tinta se han derramado en una creciente oleada de argumentos y refutaciones sobre el significado de esas palabras.

---

número de hombres negros engrosan las filas de nuestra población carcelaria, que es la mayor del mundo; en la población activa, donde los empleados negros reciben un salario bastante menor que sus homólogos blancos por realizar idéntico trabajo; y en el sector inmobiliario, donde las antiguas prácticas discriminatorias respecto a las familias negras han hecho que les resulte muy difícil vivir en barrios seguros y decentes.

Sobre todo, lo que en su mayor parte temían los norteamericanos recientemente independientes era que un gobierno federal estableciese un ejército nacional —un ejército permanente de soldados profesionales—, lo que consideraban un instrumento de tiranía, una fuerza de choque represiva desplegada por gobiernos monárquicos como el del Imperio británico, al que acababan de derrotar. Por consiguiente, las milicias coloniales se transformaron en milicias estatales, y, tal como se establece en el cuerpo principal de la Constitución (párrafos 15 y 16 del apartado 8 del artículo I), se las llamaría cuando fuera necesario «hacer cumplir las leyes de la Unión, sofocar las insurrecciones y rechazar las invasiones», así como mantener el control del «nombramiento de los oficiales y la autoridad que instruye a la milicia» incluso cuando sirvan la causa de la Unión. En otras palabras, en el momento en que el gobierno federal considerase necesario reunir un ejército, los soldados y oficiales se reclutarían de entre las milicias estatales. A la luz de esos dos párrafos, que reconocen con claridad la existencia de las milicias junto con su derecho a seguir existiendo, resulta extraño, o al menos redundante, que los legisladores volvieran a la cuestión de las milicias en la Segunda Enmienda, que no parece existir más que para afirmar que el pueblo —los hombres del pueblo— tiene derecho a incorporarse a las milicias. Otros discrepan, desde luego, arguyendo que la Enmienda también otorga a los individuos el derecho a poseer armas, pero en la historia de la lengua inglesa no hay lugar en que la expresión *portar armas* tenga un sentido que no se refiera al ejército. Un hombre que vaya a cazar ciervos en el bosque no «porta armas», como tampoco «porta armas» una mujer que dispare balas a dianas de papel en el campo de tiro de su localidad. Únicamente los soldados portan armas, y en las contadas ocasiones en que el caso ha llegado ante el Tribunal Supremo, los jueces siempre han dictaminado en favor de la lectura militar del texto. Luego vino la decisión de 2008 sobre el caso del Distrito de Columbia contra Heller, cuando, por una estrecha votación de cinco a cuatro, el tribunal invirtió el precedente histórico y adoptó la interpretación más amplia de la Enmienda declarando que «el derecho a poseer y portar armas» también es aplicable a los individuos. No obstante, tal como el juez Antonin Scalia ponía de relieve en el veredicto mayoritario, «el derecho garantizado por la Segunda Enmienda no es ilimitado» y «en nuestra opinión nada puede arrojar dudas sobre antiguas prohibiciones sobre posesión de armas de fuego referidas a malhechores o enfermos mentales, ni leyes que impidan llevar armas de fuego en lugares sensibles como centros de enseñanza y edificios gubernamentales, ni normas que impongan condiciones y restricciones al comercio y la venta de armas». Una victoria para el *lobby* de las armas, sí, pero no rotunda, lo que nos deja casi precisamente donde estábamos antes de que se resolviera el caso, y en mi opinión demuestra que sería una estupidez pensar que podemos zanjar este asunto en los tribunales.[3]

El control de armas, o las «prohibiciones sobre la posesión de armas de fuego» (para emplear la frase de Scalia), forman parte de la vida norteamericana desde el siglo XVII. Gobiernos coloniales, estatales y municipales han promulgado miles de leyes y ordenanzas imponiendo restricciones sobre esgrimir armas de fuego, portar armas abiertamente (Nueva Jersey, 1686, porque tal conducta inspiraba «grandes miedos y peleas») y llevar armas

3. Para saber más sobre la decisión Heller, la teoría judicial del «originalismo» e ilustrativas exploraciones de la Segunda Enmienda y de otras cuestiones relativas a las armas, véanse dos libros de especial interés: *Gunfight: The Battle over the Right to Bear Arms in America*, de Adam Winkler (2011), y *The Second Amendment: A Biography*, de Michael Waldman (2014). Winkler es catedrático de Derecho Constitucional en la UCLA y Waldman, presidente del Brennan Center for Justice en la Facultad de Derecho de la NYU.

a escondidas (Kentucky, 1813), y han dictado prohibiciones sobre escopetas recortadas, silenciadores y ametralladoras (Virginia Occidental, 1925, pronto seguida por otros veintisiete estados), así como sobre armas semiautomáticas (diez estados en las décadas de 1920 y 1930). Otras leyes prohibieron los duelos, negaron a los malhechores el derecho a poseer armas, exigieron licencias a los cazadores y limitaron la caza a determinadas semanas del año, requirieron permisos para la tenencia de pistolas (la Ley Sullivan, de Nueva York, 1911), exigieron licencia a los comerciantes de armas (Nuevo Hampshire, 1917), gravaron las armas con impuestos (Georgia, 1866; Misisipi, 1867), obligaron a los poseedores de armas de cualquier tipo a registrarlas (Montana, 1918), y en casi todos los estados de la nación se prohibió disparar un arma en lugares públicos, tales como colegios, iglesias, casas, trenes y en cualquier sitio cercano a una carretera o un puente.[4] Volviendo a la década de 1870, vemos que en ningún sitio fue más eficaz la lógica de las prohibiciones que en la frontera sin ley de la televisión de mi infancia, que en realidad ha sido poco más

4. Véase Robert J. Spitzer, «Gun Law History in the United States and Second Amendment Rights», <scholarship.law.duke.edu> (2017).

que un mito creado por autores de novelas baratas y por el gran espectáculo, enormemente popular, de *El Salvaje Oeste de Buffalo Bill*, que durante décadas hizo giras por todo el país difundiendo la misma clase de caricatura del pistolero ultraviolento que más adelante se recicló en el cine y la televisión a lo largo del siglo xx, porque lo cierto es que ciudades legendarias como Dodge City, Tombstone y Deadwood, presuntos focos del duelo en la calle principal, tanto de un hombre frente a otro como de una banda contra otra, y capitales de las peleas con revólveres en bares tumultuosos donde uno de cada dos jugadores de póquer da cartas del final de la baraja, estaban en general desprovistas de la violencia ininterrumpida presentada en los *westerns* clásicos. Tal como Winkler observa en su libro, de 1877 a 1886 hubo un total de quince homicidios en Dodge City (1,5 al año); en 1881, el año más violento de Tombstone del que se tenga registro, murieron cinco personas (tres de ellas en la escaramuza del O.K. Corral); y en el año más violento de Deadwood fueron cuatro en total. La razón de esas cifras, sorprendentemente bajas, era el cumplimiento de las regulaciones sobre el control de armas. Los hombres podían llevar armas en el campo, pero una vez que entraban en la ciudad estaban obligados a despojarse de ellas hasta el momento de su marcha. En los alrededores de Wichita había carteles clavados que ordenaban a la gente: DEJE SUS REVÓLVERES EN LA COMISARÍA DE POLICÍA Y COJA SU RESGUARDO. En la infame Dodge City, el letrero decía así: PORTAR ARMAS DE FUEGO QUEDA ESTRICTAMENTE PROHIBIDO. En interés del bien común, los gobiernos municipales de tales ciudades dictaron ordenanzas para proteger a la población y prevenir posibles crisis de salud pública que hubieran obligado a los funcionarios a lidiar con crecientes cantidades de muertos o de personas agujereadas a balazos. Tal como expone el erudito W. Eugene Hollon en su estudio de 1974, *Frontier Violence*, el Viejo Oeste era «un lugar mucho más civilizado, pacífico y seguro que la sociedad norteamericana de hoy en día».

La primera norma federal relativa al control de armas fue la Ley Nacional sobre Armas de Fuego de 1934, que imponía una carga fiscal tan fuerte y unas condiciones tan onerosas para la venta y la compra de ametralladoras de estilo militar que esas mortíferas armas quedaron prohibidas en la práctica. La proliferación de la metralleta fue una consecuencia directa del auge de las bandas criminales y del gansterismo de los años veinte, y la razón principal de ese auge era otra Enmienda de la Constitución, la Decimoctava, que prohibía la venta de bebidas alcohólicas y dio lugar a los caóticos y desenfrenados años de la Prohibición. No todos los motivos de la Enmienda eran rebatibles (sin duda, la plaga del alcoholismo destrozaba muchas vidas y causaba la ruina a muchas familias), pero en su mayor parte los consumidores de alcohol no eran alcohólicos, y en los muchos siglos transcurridos desde que Dioniso ofreciera al mundo el milagro del vino, esa bebida medianamente intoxicante ha sido parte integrante de la vida cotidiana de centenares de millones de personas y se consume como acompañamiento de las comidas, como propiciador de compañía y cordialidad, como bálsamo que alivia a las almas fatigadas e inquietas, y con frecuencia como elemento afrodisiaco del deseo erótico. A principios del siglo xx, con el consumo de cerveza, vino y diversas clases de bebidas destiladas profundamente arraigado en casi todas las culturas humanas, los norteamericanos se opusieron a las restricciones que les habían impuesto y se negaron a obedecer la ley. El resultado fue una catástrofe nacional, porque la Decimoctava Enmienda no solo no logró que los norteamericanos dejaran de beber, sino que tuvo el efecto contrario de inducirlos a beber más, lo que generó un ejército de contrabandistas y el negocio muy rentable de traficar con bebidas alcohólicas ilegales, lo que causó un incontable número de muertes y cegueras por causa del alcohol de fabricación casera y de las cubas de alcohol de madera domésticas, y desató luchas internas por el control tan violentas que traficantes de bebidas alcohólicas como Al Capone, Lucky Luciano, Meyer Lansky y Bugs Moran se convirtieron en celebridades nacionales. De ahí la prohibición de las metralletas en 1934, solo un año después de la aprobación de la Vigesimoprimera Enmienda, que derogaba la Decimoctava y ponía fin a la Prohibición pero, lamentablemente, no a la delincuencia organizada, que sigue entre nosotros un siglo después y perdura como modelo de ley con impensadas consecuencias.

Incluyo la Prohibición como ejemplo de lo que *no hay que hacer* al afrontar una crisis nacional. Por mucho que quisiera resolver el problema de la violencia de las armas, y por dispuesto que estuviera a aceptar la prohibición de fabricarlas y venderlas, los poseedores de armas de este país no la apoyarían, y esas prohibiciones no darían más resultado que la del alcohol de 1919, porque al igual que la mayor parte de los consumidores de alcohol no son alcohólicos, la amplia mayoría de las personas que poseen armas no tienen intención de usarlas para herir o matar a otras. Pero, aunque se promulgaran tales prohibiciones, tampoco se conseguiría nada. Con cerca de cuatrocientos millones de armas ya entre nosotros y una nueva afluencia de armas disponible mediante los nuevos métodos de fabricación casera (impresoras en 3D y equipos de piezas de pistola para montar en casa), toda persona resuelta a conseguir un arma de fuego no tendría mucha dificultad en encontrarla. Incluso en Nueva York, la ciudad donde vivo, donde la Ley Sullivan sigue en vigor y requiere que todos los poseedores de armas cortas obtengan una licencia, esa disposición se elude fácilmente y los traficantes traen al mercado negro pistolas adquiridas en otros estados con normativas más laxas, como Carolina del Sur y Virginia, y pueden comprarse en la calle por un precio que oscila entre los trescientos y los mil dólares. Y supongamos, solo como hipótesis —para llevar el argumento al límite extremo del ridículo—, que me nombraran dirigente supremo de Estados Unidos por una hora y luego tuviera que subir a la cumbre de un monte para proclamar que el único acto de mi mandato sería comprar todas las armas del país por un importe cinco veces mayor al de su valor comercial con objeto de fundirlas para convertirlas en herramientas agrarias: mis palabras serían tomadas entonces como una declaración de guerra. Antes de que bajara al pie del monte, me habrían matado mil veces y mi cuerpo parecería un pedazo de queso suizo.

No, hay que olvidar prohibiciones absolutas y medidas draconianas para imponer la paz entre las fuerzas en liza. Solo habrá paz cuando ambos bandos lo quieran, y, con objeto de que eso ocurra, tendríamos primero que llevar a cabo un examen riguroso, revulsivo, de quiénes somos y quiénes queremos ser como pueblo que mira al futuro, lo que necesariamente tendría que empezar con un riguroso y revulsivo examen de quiénes hemos sido en el pasado. ¿Estamos preparados para este momento de verdad y reconciliación tan largo tiempo aplazado? Hoy, quizá no. Pero si no es hoy, ¿cuándo?

En vista del error de juicio cometido con la Decimoctava, el país acabó por darle la vuelta y promulgó la Vigesimoprimera Enmienda, que puso remedio a buena parte de los perjuicios causados por tal error: prueba de que la Constitución es un documento lo bastante flexible como para permitir la corrección de errores, y por eso la mayor parte de los estudiosos la consideran un «documento vivo». Pero no todos. Tal como Michael Waldman relata en su libro, Antonin Scalia, el autor de la decisión mayoritaria en el caso Heller, pronunció el 11 de diciembre de 2012 un discurso en la Universidad de Princeton ante una multitud de setecientas personas. En un momento dado declaró: «En el juzgado recibo a clases de chicos pequeños que, llenos de orgullo, recitan lo que les han enseñado, como "la Constitución es un documento vivo". No está viva. Sino muerta. ¡Muerta, muerta, muerta!». Tres días después, nos recuerda Waldman, «un joven desequilibrado entró en la escuela de primaria Sandy Hook, de Newtown, Connecticut, y asesinó a veinte niños y seis adultos».

Covina, California, 24 de diciembre de 2008.
10 personas muertas; 3 heridas (2 por arma de fuego).
El asesino huyó en su coche y se suicidó a cuarenta y cinco
kilómetros del lugar del tiroteo. Ahora se yergue una nueva
estructura donde estaba el edificio demolido, que fue presa
de las llamas durante el ataque.

Café Racer y aparcamiento a siete kilómetros de distancia.
Seattle, Washington, 30 de mayo de 2012.
6 muertos; 1 herido.
El café está cerrado en la actualidad. Hay planes para convertir
el edificio en una emisora de radio por internet.

Inland Regional Center y San Bernardino Avenue Este.
San Bernardino, California, 30 de mayo de 2012.
16 muertos; 24 heridos.
Los dos asesinos (un hombre y una mujer) eran matrimonio.

Cementerio Bayview y supermercado JC Kosher.
Jersey City, Nueva Jersey, 10 de diciembre de 2019.
6 muertos; 3 heridos.
Los asesinos eran dos, un hombre y una mujer.

Múltiples ubicaciones.
Condado de Geneva, Alabama, 10 de marzo de 2009.
11 muertos; 6 heridos.

Múltiples ubicaciones.
Isla Vista, California, 23 de mayo de 2014.
7 muertos (3 por arma blanca, 4 por arma de fuego); 14 heridos
(7 por arma de fuego, 7 atropellados por un coche).

4

Uno de mis mejores amigos es Frank Huyler, autor que ha publicado poemas, novelas y obras de no ficción pero que también es médico en Urgencias del hospital universitario de Nuevo México en Albuquerque, donde forma parte de la plantilla desde hace más de veinte años. Las recopilaciones de escritos personales que documentan su vida en Urgencias —*The Blood of Strangers* (1999) y *White Hot Light* (2020)— son, en mi opinión, dos obras maestras, tan bellas y poderosas que lo catalogo como uno de los mejores escritores médicos desde Chéjov. A principios de mis pesquisas en los sombríos detalles de la violencia de las armas en Estados Unidos, Frank y yo charlamos un par de horas por teléfono en las que lo acribillé a preguntas sobre las diversas medidas adoptadas cuando un herido de bala aparece en Urgencias, algo que ocurre más de cien veces al año, según sus cálculos, que por supuesto no reflejan la cantidad total de tiroteos tratados en el hospital, porque no está de servicio todos los días del año. En mis notas garabateadas, apenas legibles, alcanzo a leer lo siguiente:

ambulancia — o coche con tipo derrumbado en el asiento trasero
urgencias
depende de dónde hayan disparado a la persona
en pierna —sin tocar hueso— bala atraviesa — pequeño agujero
— enviado a casa
toca hueso — hueso astillado, en función del arma
escopetas — terrible
fusiles — terrible — destrucción de tejidos
pistolas — como picahielos
vientre — orificio — debe decidirse rápidamente sobre hemorragia interna
presión sanguínea — gota a gota — rápida evaluación de constantes vitales

parece estable o inestable — gris/ceniciento — cortar ropa
buscar orificios — extrañas trayectorias de balas —
no está claro dónde han acabado —
abdomen — quirófano — abrir vientre — buscar orificio —
intestino perforado (no buscando la bala) — con frecuencia se
   deja dentro —
difícil de encontrar (alojada en un músculo)
cirugía — control de hemorragia — quirúrgicamente si in-
   testino — debe repararse —
contenido intestinal vertido en abdomen — cura infecciones
   posquirúrgicas — intestino — colostomía — unos días en
   hospital
pero, si mucha sangre, pueden ser semanas
pecho — balas pueden atravesarlo
o asentarse — y colapsar tratamiento pulmonar — tubo en
   pecho — como una delgada manguera de jardín —
atascada entre costillas
pulmón como bolsa dentro de una bolsa
cavidad en pecho — 2 capas —
perforado — aire sale entre pulmón y pecho — pulmón colap-
   sado —
neumotórax — chupa aire — pulmón dilata más
con frecuencia sangre también — si pequeño o gran vaso afec-
   tado — muchas muertes
rostro — cabeza —
lesiones que desfiguran — dependiendo del arma —

arma larga — arma corta —
suicidas — bala no toca cerebro — no muere en el acto
Cabeza
armas de grueso calibre — llegan sin conocimiento —
si bulbo raquídeo conserva funciones, puede sobrevivir un
    tiempo
parte alta del cerebro perforada — hinchazón, hemorragia —
    causa la muerte
cabeza — con frecuencia intentos de suicidio —
borrachos en mayoría de los casos
causas de tiroteos —
1. suicidios (un lado de la cabeza, en general) — sien —
corta el nervio óptico —
ceguera
piel humana resistente y elástica —
piel puede comportarse como una red — justo bajo superficie
2. tiroteos criminales — desde un coche en marcha — dro-
    gas —
rito de iniciación de jóvenes miembros de una banda
mayoría asesinatos por impulso — venganza —
3. disputas domésticas — peleas acaban a tiros —
4. familias — crímenes pasionales —borrachos en bares, pe-
    leas domésticas — hombres asesinando mujeres, pocos al
    revés
mayoría víctimas hombres
jóvenes sobre todo

Cuando le pregunté a Frank si en alguna ocasión había tratado a víctimas de una matanza, contestó que solo una vez, hacía diez o doce años. Una tarde, un hombre entró en la oficina de su mujer con intención de asesinarla, pero antes de localizarla hizo ejercicios de calentamiento disparando a diversos empleados que estaban sentados frente a sus respectivos escritorios. Hubo tres muertos y varios heridos. Uno por uno, fueron llegando pacientes a la sala de Urgencias del hospital, y entre las personas a quienes tuvo que examinar Frank estaba una mujer de treinta y tantos años. No me dijo cuántas balas la habían alcanzado, pero comprendí que su estado era precario, y tumbada de espaldas y mirando a Frank, con una voz que él describió como «tranquila, en tono clínico» —sin el menor indicio de temor—, le dijo: «Me voy a morir». Luego, con la misma voz desapasionada le dio el número del teléfono móvil de su marido, y no mucho después, antes de que la llevaran en camilla al quirófano para operarla, falleció.

Las matanzas solo constituyen una pequeña fracción de las muertes por armas de fuego en Estados Unidos, pero ocurren, sin embargo, con pasmosa frecuencia, aproximadamente una al día en el curso de cualquier año determinado. Cuatro es la cifra que en general se da para definir una matanza, aunque para unos eso significa cuatro personas muertas y para otros supone cuatro personas tiroteadas, ya acaben muertas o heridas. Como sucede con los asesinatos individuales por arma de fuego en todo el país, en la prensa nacional solo se recoge un pequeño número de matanzas. Los estadounidenses ya están tan habituados a la matanza de todos los días que no se molestan en prestar atención, incluso cuando las cifras siguen incrementándose año tras año. Pero entonces, de pronto, en algún sitio se produce una matanza que destaca sobre las demás, un baño de sangre de tal horror y magnitud que la sociedad norteamericana al completo se para momentáneamente en seco mientras la avalancha de cámaras capta imágenes de gente llorando, destrozada, los periodistas ahondan en los detalles del crimen y publican historias sobre el asesino y sus motivos, y editoriales y comentaristas de televisión lanzan sus opiniones al público. Por un breve instante, todo el mundo parece unirse en este país solitario y fracturado, pero en un abrir y cerrar de ojos los defensores y detractores de las armas se ponen en guardia para enfrentarse de nuevo, y a pesar de los indignados gritos en favor de reformas, medidas y cambio, nada cambia jamás, y al cabo de una semana o dos el distraído público dirige la atención a otra parte.

Esos truculentos espectáculos han ocurrido con demasiada frecuencia las últimas dos décadas para calificarlos como una nueva forma de ritual estadounidense: derramamiento de sangre y dolor transformados en una serie de entretenimientos macabros que una y otra vez nos plantan frente al televisor para que absorbamos lúgubres relatos de la última pesadilla y lamentemos lo que le ha ocurrido a nuestra amada Norteamérica. Mientras, las cadenas televisivas incrementan sus índices de audiencia y aumentan sus beneficios abreviando el viejo eslogan publicitario de «nuestro negocio va como un tiro» por «con cada tiro, hacemos negocio». Eso basta para convertir al más esperanzado idealista en un cínico de tomo y lomo.

En su mayor parte, tales matanzas suelen ser obra de jóvenes solitarios, de vez en cuando de hombres de mediana edad, y en ocasiones, muy raras (casi nunca), de mujeres, y como en el caso del exmarido furioso de Albuquerque suelen estar recluidos en un sombrío santuario interior de agravio personal, donde se pudren durante meses, incluso años, para luego transformarlo en un odio universal que impulsa al asesino a matar a tiros a todo aquel que esté aun remotamente relacionado con su objetivo principal. Eso es lo que distingue las matanzas motivadas por algún agravio personal de su contrapartida del cara a cara —la voluntad del tirador de dirigir su arma a desconocidos y segarles la vida sin otra razón que la satisfacción de matarlos—, que es lo que a la mayoría de la gente le resulta tan difícil entender, ya se esté a favor o en contra de las armas o en algún punto intermedio. ¿Por qué demonios querrá alguien matar a gente que no conoce, sobre todo a personas que no le han hecho ningún daño y que con toda probabilidad lo ayudarían a levantarse si se cayera al suelo o se rascarían el bolsillo para darle un dólar si les dijera que tiene hambre? Por horribles y estremecedores que sean los asesinatos individuales motivados por el rencor, no nos arrojan a esa profunda confusión, porque todos entendemos lo que es la ira e incluso la rabia, y podemos imaginarnos a nosotros mismos arrinconados en los límites de la razón y sumidos en una locura temporal que induce a ir por la persona que, según creemos, nos ha perjudicado, como hizo mi abuela cuando mató a tiros a mi abuelo en la cocina de su casa en Kenosha. Imperdonable, sí, pero no incomprensible.

Tampoco es incomprensible el asesino a sueldo que se gana la vida matando a desconocidos, o el muchacho de una barriada peligrosa consciente de que se encontrará bajo constante amenaza si no se une a una banda del barrio y por tanto sale una tarde a la calle y dispara un tiro a un transeúnte anónimo para demostrar que tiene agallas suficientes para que lo admitan en el clan. Nadie en su sano juicio aplaudiría esos casos de asesinato, pero al menos los entendemos. Lo que no comprendemos es la arbitrariedad de los asesinatos al azar, y, cada vez que otra matanza reclama la atención nacional, todos nos sentimos más vulnerables, porque si pueden matar a tiros y sin razón a esa persona mayor, a ese joven o a ese niño, ¿por qué no nos podría pasar lo mismo a mi hijo o a mí? El miedo se apodera de nosotros y eso es un veneno que corrompe nuestra facultad de pensar, y cuando ya no podemos pensar nuestras decisiones se entregan a las fuerzas de la emoción torpe y ciega.

Otra cosa que distingue las matanzas de otra clase de asesinato es el alto grado de planificación que implica el montaje de esos ataques. Se requieren semanas y con frecuencia meses de preparación antes de que el asesino esté listo para lanzarse. Una decisión espontánea queda descartada; esos estallidos exaltados que preceden a las peleas de bar más fatales y a los crímenes relacionados con el tráfico no cuentan en la planificación de una matanza, y, al contrario de lo que cabría esperar, la mayoría de esos asesinos se dedica a su quehacer con calma y metódicamente, sin gritos ni acusaciones ni manifestaciones exteriores de ningún tipo de emoción, como si hubieran entrado en una zona diferente de lo que llamaríamos *vida consciente normal*, en un lugar donde el mundo ya está muerto para ellos, que también están muertos por dentro. El objeto es convertirse en una máquina de matar. A tal fin, esos asesinos eligen con cuidado sus armas, con frecuencia abasteciéndose de un surtido de largas y cortas, y en algunos casos se presentan en la escena del crimen provistos de chalecos antibalas. Casi siempre, armas, municiones y chaleco se han comprado por vías perfectamente legales.

Agravios familiares, matrimoniales, sexuales, laborales, institucionales, políticos, raciales y étnicos (crímenes de odio) y, a medida que sigue propagándose la epidemia de matanzas, la ambición de muchos de los asesinos jóvenes consiste en superar el total de víctimas alcanzado por sus predecesores, batir el récord y así conquistar la fama y la eterna gloria criminal como autor de la mayor matanza de la historia norteamericana. Las redes sociales bullen con la jactancia de esos futuros destructores mientras se preparan para llevar a cabo sus propias versiones de la matanza en un colegio, una universidad o una iglesia, y al leer sus mensajes entendemos que la aniquilación de personas desconocidas se ha convertido tanto en un deporte competitivo como en una nueva variante de la *performance* artística contemporánea. Es el último regalo de Estados Unidos al mundo, una nota psicópata a pie de página de previas maravillas como la bombilla incandescente, el teléfono, el baloncesto, el *jazz* y la vacuna contra la polio. Nuestros amigos de lejanos continentes observan perplejos y horrorizados, no menos sobrecogidos que nosotros cuando leemos algo sobre la mutilación genital de muchachas adolescentes o la práctica de la lapidación de mujeres acusadas de infidelidad por sus maridos.

Lo que me parece sorprendente es el hecho de que todo norteamericano medianamente atento de más de veinticinco años no tenga problemas para recordar detalles de la larga lista de matanzas producidas en los diez últimos años, los desquiciados ataques a escuelas primarias, institutos y universidades. Por ejemplo, el asesinato en 2012 de veinte niños pequeños y seis maestros y miembros del personal de la escuela de primaria de Sandy Hook, en Newtown, Connecticut; los siete muertos y catorce heridos del desenfreno de 2014 con fusil, cuchillo y coche a unos metros del campus de Santa Bárbara de la UC en Isla Vista, California; el estudiante de tercero de secundaria de quince años que cinco meses después asesinó a cuatro de sus amigos más íntimos para luego suicidarse en la cafetería del instituto Marysville-

Pilchuck, de Marysville, Washington; los nueve heridos y diez muertos en 2015 en el centro de estudios superiores Umpqua de Roseburg, Oregón; el baño de sangre de 2018 en el instituto Marjory Stoneman Douglas, de Parkland, Florida, que dejó diecisiete heridos y diecisiete muertos, y, tanto en el primero como en el último de esos casos, los golpes añadidos que se asestaron a las dolientes familias de las víctimas cuando un ejército de conspiranoicos de extrema derecha salió de pronto de entre las sombras y empezó a esparcir falsas historias de que las matanzas de Sandy Hook y de Parkland, ampliamente documentadas y bien cubiertas por los medios de comunicación, no eran más que engaños representados por presuntos actores en crisis. Al cabo de unas horas de los tiroteos, una forma de locura estadounidense daba paso a otra, y, como ocurrió con los negacionistas del Holocausto antes que ellos, ningún cúmulo de pruebas señalando lo contrario ha hecho que esos embaucadores se desdigan de sus crueles y cínicas afirmaciones.

En total, en los diez últimos años se han producido doscientos veintiocho episodios de violencia armada en colegios y universidades a lo largo y ancho del país. Treinta de ellos pueden calificarse de matanzas, y entre los ejemplos que acabo de citar es curioso examinar la historia personal y los motivos de los asesinos y descubrir la cantidad de rasgos que tienen en común. Para empezar, todos eran jóvenes —quince, diecinueve, veinte, veintidós, veintiséis años— y todos habían manifestado síntomas de desequilibrio mental y emocional en las últimas etapas de la infancia o en las primeras de la adolescencia. Los cuatro mayores estaban obsesionados por las armas de fuego, en general carecían de amigos, mostraban hostilidad hacia sus compañeros de colegio y guardaban un profundo resentimiento hacia las personas que, según ellos, eran responsables de la vida aislada y sombría que llevaban. La palabra que discurre por todas sus historias es *soledad*, una soledad insoportable, aplastante, la misma que impulsa a millones de norteamericanos a buscar alivio mediante diversas formas de anulación: demasiadas drogas, demasiado alcohol y fugas obsesivas en los laberínticos senderos de internet. Vidas de autodestrucción gradual que año tras año se convierten en decenas de miles de «muertes por desesperación», una expresión nueva para una nueva especie de desgracia norteamericana, y en el extremo del espectro del dolor están los asesinos, los que optan por destruirse a sí mismos destruyendo a otros, porque lo cierto es que toda persona dispuesta a matar al azar a grandes cantidades de gente desconocida prepara al mismo tiempo su propio suicidio.

El asesino de Isla Vista dejó un relato de su vida de cien mil palabras que resulta notable por el resentimiento expresado con precisión y por una rabia misógina cada vez mayor contra las bonitas chicas universitarias que le hacían continuos desaires, y en otro texto, más breve, titulado «Mi historia», el asesino de Umpqua nos ofrece un documento que es a la vez lúcido, autocompasivo y grotesco:

Siempre he sido la persona más odiada del mundo. [...] Mi vida entera ha sido una empresa solitaria. Un desastre tras otro. Y aquí estoy, con veintiséis años, sin amigos, sin trabajo, sin novia, virgen. Hace mucho comprendí que a la sociedad le gusta negar esas cosas a personas como yo. Personas que son la élite, que se codean con los dioses. Personas como [sigue una lista de los jóvenes autores de las matanzas de Isla Vista, Columbine, Sandy Hook y Virginia Tech].

Al igual que a mí, a esas personas les negaron todo lo que merecían, todo lo que ansiaban. Aunque fuéramos malos de nacimiento, la sociedad nos ha dejado desprovistos de recursos, sin medios para ser buenos. Me he visto obligado a alinearme con las fuerzas demoniacas. Lo que una vez fue una relación involuntaria se ha convertido ahora en sintonía, en servicio. Ahora sirvo a la jerarquía del diablo. Cuando muera, en eso me convertiré. En un demonio. Y volveré una y otra vez, para matar. Tomaré posesión de otro y conoceréis mi obra por mi señal, el pentagrama volverá a volar. [...] Tengo asegurado el éxito en el infierno. [...] Y habrá otros como yo; como dijo Ted Bundy, somos tus hijos, tus hermanos, estamos en todas partes. Mi consejo para otros como yo es que compren un arma y empiecen a matar gente. [...]

Hace años que me interesan las matanzas por tiroteos. He observado que lo que siempre va mal es que no lo hacen con la suficiente rapidez y el número de muertos es menor del que debería haber sido. Tiran a lo loco, en vez de disparar ráfagas a objetivos establecidos. Tampoco se ocupan de los polis. No sé por qué matan a otras personas pero dejan al margen a la poli. [...]

P: ¿Es usted un enfermo mental?

R: No, no soy ningún enfermo mental. Solo porque haya entrado en comunión con las Fuerzas Oscuras no significa que esté loco.

Aparte de los tiroteos en centros de enseñanza y de los horrendos asesinatos de niños pequeños, niños mayores y jóvenes adultos, junto con la caída libre a los abismos del incesante dolor de centenares, miles, incontables madres, padres, hermanos, hermanas, primos, primas, tías, tíos, abuelos, abuelas, amigos y amigas, ha habido matanzas en lugares públicos, tanto bajo techo como al aire libre, tanto de noche como de día, y su letanía de los últimos diez años también será conocida de antemano para casi todo aquel que lea estas páginas. El intento de asesinato de la congresista Gabrielle Giffords en 2011 mientras pronunciaba un discurso en el aparcamiento de un supermercado justo a las afueras de Tucson, Arizona, llevado a cabo por un hombre de veintidós años armado con una pistola semiautomática Glock 19 que disparó al azar sobre los congregados y dejó quince heridos y seis muertos (entre ellos un juez federal y una niña de nueve años), y aunque el intento de asesinato falló, Giffords, que recibió un balazo en la cabeza a quemarropa y asombrosamente salió adelante, quedará gravemente incapacitada de por vida. La matanza perpetrada en 2012 por un doctorando en Neurociencias de veinticuatro años en el multicine Century 16 de Aurora, Colorado, mientras cuatrocientas personas veían la última película de Batman en la sala número 9. Hubo setenta personas heridas o lesionadas y doce murieron, entre ellas una niña de seis años cuya madre embarazada sufrió numerosas heridas en el pecho y quedó paralítica de por vida. A la semana siguiente del ataque tuvo un aborto y perdió a su hijo nonato. El asalto en 2015 a la clínica de planificación familiar Planned Parenthood de Colorado Springs a manos de un hombre de cincuenta y siete años que se autoproclamaba «guerrero de los bebés» y que hirió a nueve personas y mató a tres. La pesadilla de 2016 en Orlando, Florida, cuando un hombre de veintinueve años asesinó a cuarenta y nueve personas e hirió a más de cincuenta antes de suicidarse en la Latin Night del Pulse, un club nocturno gay. En aquel momento constituyó el tiroteo de masas con mayor número de muertos de la historia norteamericana, pero solo quince meses después eclipsó esas cifras en el Mandalay Bay Resort y Casino de Las Vegas un hombre de sesenta y cuatro años que mató a sesenta personas, hirió a tiros a otras cuatrocientas cuarenta y una y luego se suicidó. Otras cuatrocientas cincuenta y seis resultaron heridas en el caos subsiguiente cuando el atacante empezó a disparar desde una habitación de la planta trigésima segunda de un edificio que daba a un amplio espacio público, vallado, donde se habían congregado 22.000 personas para asistir al festival anual de música Route 91 Harvest Country. Al año siguiente, 2018, un marine veterano de veintiocho años disparó a una multitud de doscientas sesenta personas en el Borderline Bar and Grill de Thousand Oaks, California, un local de música *country-western* frecuentado por estudiantes de las diversas universidades de la zona, hiriendo a dieciséis personas y matando a trece, entre ellas a un veterano de la Marina de veintisiete años que había sobrevivido al ataque de Las Vegas el año anterior. Era solo una de las cincuenta o sesenta personas que estuvieron presentes en ambos tiroteos. Según *The New York Times* (8 de noviembre de 2018), «el Borderline [...] se ha convertido en un lugar de consuelo para decenas de supervivientes de la matanza de Las Vegas, y allí se reúnen para escuchar música, buscar curación y recordar». Se autodenominaban «Familia Route 91». Luego se produjeron los consecutivos tiroteos masivos del 3 y el 4 de agosto de 2019, el primero en un Walmart de El Paso, Texas, cuando un supremacista blanco de veintiún años tomó por objetivo a mexicanos y mexicanonorteamericanos en lo que el FBI consideró que era a la vez un acto de terrorismo interno y un crimen de odio. Su fusil tipo AK-47 mató a veintitrés e hirió a otros veintitrés. Solo dieciséis horas después, un hombre de veinticuatro años atacó a los clientes del bar Ned Peppers, de Dayton, Ohio, con un arma tipo AR-15. En el espacio de treinta y dos segundos mató a nueve personas e hirió a veintisiete antes de que un policía que por casualidad se encontraba en el bar acabara con él de un tiro. Ya fuera por accidente o a propósito, resultó que una de las víctimas era la hermana del asesino, de veintidós años.

Ocho ejemplos seleccionados entre un sinfín de posibilidades, y sin embargo el simple hecho de enumerarlos en el lenguaje seco, sin adornos, de un informe forense es suficiente para que la cabeza te empiece a dar vueltas y te fallen las rodillas ante la auténtica extensión de tanta carnicería sin sentido. Seis jóvenes de veintitantos años y otras dos personas de avanzada edad, cincuenta y siete y sesenta y cuatro. Los motivos que los impulsaron hacia esos actos varían de un caso a otro, y los de los dos megacrímenes cometidos en Orlando y Las Vegas escapan a todo entendimiento.

El asesino de Arizona que intentó matar de un tiro a Gabby Giffords pertenecía a la vasta legión de chicos estadounidenses perdidos, un inadaptado psicológicamente inestable al que expulsaron del instituto por persistentes episodios de indisciplina y que era incapaz de conservar un puesto de trabajo, mientras que el tirador del multicine Aurora, también desequilibrado, era un estudiante de la sociedad honorífica Phi Beta Kappa que empezó a soñar con matar a grandes cantidades de desconocidos cuando solo tenía once o doce años, planeó el ataque hasta el último detalle y ejecutó sus planes de manera tan precisa, con unos preparativos tan elaborados para afrontar cualquier contingencia, que, cuando finalmente llevó a cabo su operación en la noche del 20 de julio de 2012, cumplió con exactitud sus expectativas. Vestido de negro, con una máscara antigás en la cara y un casco antimetralla en la cabeza, se plantó frente a la pantalla con un largo chaleco antibalas, perneras blindadas, protector de cuello a prueba de balas, protector inguinal, guantes tácticos y unos auriculares metidos en las orejas que emitían estrepitosa música tecno para bloquear el posible clamor del auditorio. Se queda uno boquiabierto ante la maravilla de esos auriculares: un hombre está a punto de lanzar dos latas de gas lacrimógeno a una multitud de cuatrocientas personas para luego abrir fuego contra ella con una escopeta, un fusil semiautomático y una pistola, pero tiene los nervios tan finos y delicados que no soporta oír el griterío y las lamentaciones que sus actos van a provocar de manera inevitable. Se rindió a los agentes del orden sin oponer resistencia, y, después de que se le consideró mentalmente capacitado para que le juzgaran, se le condenó a doce cadenas perpetuas y a otros 3.318 años por intentos de asesinato.

Se han hecho cábalas sobre si el exmarine asesino de Thousand Oaks padecía un agudo trastorno de estrés postraumático a raíz de sus experiencias de combate en Afganistán. El tirador de la clínica Planned Parenthood de Colorado Springs era «un fanático religioso obsesionado con el fin del mundo» (según su exmujer) y se le consideró incompetente para ser juzgado. El tirador de Dayton tenía una larga historia de amenazas violentas y ya en el instituto elaboraba listas de personas a las que quería violar y matar. Un año antes de su ataque al bar Ned Peppers, era vocalista de un grupo *pornogore* llamado Menstrual Munchies y, según el *Washington Post* (5 de agosto de 2019), le dijo a su novia del instituto que tenía «alucinaciones visuales y auditivas y temía estar volviéndose esquizofrénico». Por otro lado, el tirador de mente clara del Walmart de El Paso no tenía dudas sobre el propósito de su misión. En un manifiesto titulado «La verdad importuna», escribió: «Este ataque es una respuesta a la invasión hispana de Texas. [...] Los hispanos tomarán el control del gobierno municipal y estatal de mi amada Texas y cambiarán las políticas para acomodarlas mejor a sus necesidades. Convertirán Texas en instrumento de un golpe de Estado político que acelerará la destrucción de nuestro país».

El asesino del club nocturno Pulse, de Orlando, sin embargo, no dejó tras de sí más que rastros muy vagos.

Musulmán nacido en Estados Unidos de familia afgana, afirmó que su acción era una protesta contra los ataques aéreos norteamericanos en Siria e Iraq, pero hasta entonces no había estado mezclado ni había tenido relación alguna, siquiera remota, con ninguna organización política islamista, y, mientras algunos aseguraban que era un gay no declarado que había visitado al menos doce veces el club en el pasado, hay pocas pruebas sólidas que apoyen tal afirmación. En cuanto al tirador de Las Vegas, los únicos hechos verificables que han trascendido sobre él son que era un comerciante jubilado, casado dos veces y dos veces divorciado, jugador de grandes apuestas a quien conocían muy bien en diversos casinos de Las Vegas, bebedor empedernido e hijo de un atracador de bancos que había estado en la lista de personas más buscadas del FBI entre 1969 y 1977. Detalle pertinente, quizá, o solo una simple curiosidad biográfica. Lo que se quiera. Lo único que sabemos seguro es que acumuló un enorme arsenal en los meses anteriores al ataque y que en los días precedentes a la matanza depositó un total de veintidós maletas en la suite de su hotel, que contenían un total de catorce fusiles AR-15 equipados con acelerador de disparos y cargadores de cien balas, ocho fusiles tipo AR-10, un fusil de cerrojo y un revólver, que fue el arma que utilizó para suicidarse una vez concluida la orgía de muertes. En ningún momento de los preparativos habló con nadie de sus planes y no dejó declaración escrita que explicara sus actos. Por tanto, no sabemos nada sobre ellos y nunca lo sabremos. El peor tiroteo masivo de la historia norteamericana es un espacio en blanco en el cosmos, un silencio.

Hace dos días recibí el último libro publicado por Hilton Obenzinger, un viejo amigo mío de la universidad, una recopilación de poemas titulado *Witness: 2017-2020*. En uno de los poemas se trata la cuestión de la violencia armada en Estados Unidos, y sumido como yo había estado los últimos meses en la repugnancia, la sangre y el horror de tal violencia, las agudas y satíricas incoherencias que discurren por el poema me sacudieron con un bombazo de reconocimiento. Nada de lo que he leído desde que empecé a escribir este ensayo expresa de forma tan meridiana la repulsión que siento y que otros millones de personas también sienten cuando observamos de cerca las monstruosidades que vivimos día a día en nuestro baqueteado, hermoso y amargado país. Fechado el 6 de noviembre de 2017, el poema se titula «Vamos a disparar». Lo cito en su integridad.

Vamos a la iglesia a disparar
Vamos al cine a disparar

Vamos al festival de música
Vamos al supermercado
Vamos al colegio
Vamos al acuario a disparar al cristal
Y que se ahogue la gente mientras disparamos
Y no hay que olvidar disparar a los peces
Vamos al museo a disparar al Arte
Y luego a disparar a los que contemplan a Picasso
Vamos a disparar a Picasso
Está muerto así que vamos al cementerio a disparar
    a los muertos
Vamos a los palacios de justicia a disparar a todos los jueces
Vamos al cuartel general de la Asociación Nacional del Rifle
    a disparar a todo el mundo
Vamos a la Luna a disparar a la Tierra
Vamos a emborracharnos y a disparar
Vamos a rezar y a disparar
Vamos al hospital a disparar a los enfermos
Vamos a desnudarnos y a disparar
Vamos a disparar a gente desnuda
Vamos a conseguir un AR-15 para disparar a los que odiamos
Vamos a matar a la gente que queremos
Que nunca nos quedemos sin balas
Que nunca nos quedemos sin armas largas automáticas
    ametralladoras
Vamos a llenar la furgoneta de lanzagranadas

Ojalá tuviéramos tanques y misiles
Vamos a disparar mientras dure el tiroteo
Tan poco tiempo para tanto que matar
Vamos a disparar a la pequeña y calma brisa
Que sopla en nuestros corazones
Hasta dejarla bien muerta

Vamos a la iglesia a disparar. En los últimos años, los asesinos de masas también han invadido los lugares de culto y, aparte de una sola excepción, todos esos ataques los han perpetrado lobos solitarios, fanáticos supremacistas blancos que pretendían purificar el país de la contaminación de otros de piel oscura que no eran cristianos, sino sobre todo musulmanes y judíos. De ahí el asalto de 2012 a un templo sij de Oak Creek, Wisconsin, a manos de un neonazi de cuarenta años, cantante de acompañamiento de un grupo musical de cabezas rapadas que dejó siete muertos y tres heridos, y luego ocho muertos tras el suicidio del asesino. Lo más probable es que confundiera con musulmanes a los sijs, que llevan turbante, y se cargara al grupo equivocado. De ahí los asesinatos de 2015 de nueve negros por un supremacista blanco de veintiún años en la histórica iglesia Emanuel African Methodist Episcopal, de Charleston, Carolina del Sur. Entre los muertos se encontraba el pastor principal, que también era un destacado senador del estado y el alma de la comunidad negra. De ahí la matanza en 2018 de once judíos, con otros seis heridos, en la sinagoga Tree of Life, de Pittsburgh, a manos de un nacionalista blanco de cuarenta y seis años que acusaba a las organizaciones judías de financiar caravanas de Centroamérica que «traen invasores para matar a nuestra gente».

Tres ejemplos de lo que puede pasar cuando el odio se aviva en las cámaras de eco del semillero de las redes sociales y que luego se amplifica aún más por el fácil acceso a las armas de fuego, hasta acabar en la delirante y loca idea de que la muerte de nueve negros, once judíos o siete musulmanes que ni siquiera lo son librará de contaminación a la sociedad cristiana blanca y hará que los vastos cielos norteamericanos sean respirables de nuevo. Tal es el patrón que surge de esos tres casos, pero hay una excepción, el único tiroteo en un templo que no estaba motivado por animosidad étnica ni racial ni por un odio irracional al Otro y que sin embargo nos lleva derechos al meollo de la batalla que se libra desde hace cincuenta años en este país sobre la cuestión de las armas, es decir, el derecho a poseer un arma contra el imperativo social de poner freno a la violencia causada por las armas de fuego, y si el argumento de «lo único que detiene a un malhechor armado es un hombre de bien armado», formulado por el portavoz de la Asociación Nacional del Rifle a raíz de los asesinatos de Sandy Hook de 2012, tiene algún sentido.

El caso al que me refiero es el tiroteo masivo de la iglesia First Baptist, de Sutherland Springs, Texas, el 5 de noviembre de 2017, que acabó con la vida de veinticinco personas —una mujer embarazada entre ellas— y dejó a otras veintidós heridas. El asesino era un inútil de veintiséis años, exaltado, brutal y descontrolado. Siete veces expulsado del instituto, mintió en su solicitud para incorporarse al Ejército del Aire en 2009, golpeó, amenazó y aterrorizó a su primera mujer apuntándola a la cabeza con una pistola cargada, propinó repetidos puñetazos y bofetadas a su hijastro de once meses, que a raíz de esas palizas acabó en el hospital con una fractura de cráneo, por lo que el asesino fue detenido y condenado a cumplir pena de un año en una prisión militar, después de lo cual lo expulsaron por mala conducta del Ejército del Aire, que no informó de sus delitos a las autoridades federales y por tanto no estaba incluido en la lista que le habría impedido comprar un arma. Tras divorciarse de su primera mujer fue objeto de una investigación por agresión sexual, violación y agresión física a su novia, aunque la oficina del *sheriff* del condado de Comal, Texas, decidió no presentar cargos, y luego, después de casarse por segunda vez y trasladarse a Colorado, le multaron por dar una paliza en público a su perro desnutrido, se jactó en Facebook ante un compañero del Ejército del Aire de que compraba habitualmente perros y otros animales para utilizarlos como dianas para el tiro al blanco y que sentía gran admiración por el joven autor del tiroteo en la iglesia AME de Charleston. Después de volver a Texas con su segunda mujer, que pronto se convirtió en su segunda exmujer, empezó a enviar cartas amenazadoras a su suegra, que por algún motivo o motivos se había convertido en el objeto del odio del asesino, un odio profundo y tan intenso que llegó un momento en que resolvió matarla, y, como sabía que asistía todos los domingos a la iglesia Sutherland Springs Baptist, decidió asesinarla allí mismo..., junto con todos aquellos que por casualidad estuvieran presentes. Según resultó, ni su suegra ni su segunda exmujer asistieron a los servicios aquella mañana, pero eso no lo sabía el asesino cuando apareció a las once en punto del día señalado con un fusil semiautomático AR-556 completamente cargado, aunque suponía que su suegra se encontraría en el interior de la iglesia. Después de aparcar a la entrada se quedó sentado tras el volante de su SUV Ford, y al cabo de unos veinte minutos se movilizó y salió del coche vestido con atuendo táctico negro, chaleco antibalas y una máscara negra con una calavera blanca estampada. No voy a contar los detalles de lo que hizo a continuación ni a detenerme en cómo procedió para matar a veinticinco personas y herir a otras veintidós, sino que me limitaré a señalar que muchos de los muertos y heridos eran niños, la mayoría entre tres y cinco años. El más pequeño tenía dieciocho meses.

Quería matar a todos los presentes en la iglesia pero no lo logró, y en eso está el resto de la historia de lo que ocurrió aquel día y explica por qué he decidido centrar la atención en este crimen en particular más que en cualquiera de los demás. Porque es el único caso de los últimos años en el que un malhechor armado fue abatido por un hombre de bien con una pistola. No con la suficiente presteza para haber evitado una matanza, pero sin la intervención de ese hombre de bien habrían sido asesinadas muchas más personas.

Era un fontanero de cincuenta y seis años que vivía con su mujer y una de sus tres hijas adultas en una casa frente a la iglesia. Su familia llevaba viviendo siete generaciones en Sutherland Springs, y en aquel pequeño municipio aislado de duros agricultores de seiscientos habitantes a unos cincuenta kilómetros de San Antonio, aquel hombre robusto, de barba blanca, afectuoso, de modales sencillos, era una persona importante, admirada, vecino y amigo querido de todo aquel que lo conocía. Sutherland Springs era su territorio particular, y, como a casi toda la gente que lo rodeaba, lo habían educado para seguir las enseñanzas de Cristo y dominar el arte de manejar un arma. A los cinco años, su padre le había enseñado a disparar —apuntando a latas de Coca-Cola en el patio con una carabina de cerrojo del 22— y, como el escritor Michael J. Mooney nos dice en su excelente artículo para el *Texas Monthly* («The Hero's Burden», noviembre de 2018), se sintió más tarde atraído por el tiro de competición y «era capaz de acertar al hilo de un globo en movimiento a cien metros de distancia». Era un hombre que creía en las armas, que las respetaba y sabía utilizarlas con absoluta precisión. También conocía sus peligros y, como meticuloso poseedor de armas que era, tenía especial cuidado en proteger a los demás guardando su colección de fusiles y pistolas en un armario cerrado de seguridad.

Aquel domingo por la mañana se lo estaba tomando con tranquilidad, descansando en previsión de una semana agitada y compleja en su trabajo en el hospital universitario de San Antonio. Cuando el asesino inició su ataque en la iglesia, aquel hombre de bien estaba completamente dormido en su cama, pero a las once y me-

132

dia su hija irrumpió en la habitación para decirle que le parecía haber oído disparos cerca de allí. Se incorporó y escuchó con atención, pero en aquella parte de la casa los sonidos llegaban tan apagados que parecían débiles golpecitos en la ventana. Se levantó de la cama, se puso apresuradamente unos vaqueros, se dirigió al salón, en la parte delantera de la casa, y al fin comprendió que sí, había tiros en alguna parte. Plenamente despierto y alerta ya, se apresuró a la habitación trasera, donde guardaba las armas, abrió la caja fuerte y sacó uno de sus AR-15, que cargó con bastantes balas. Para entonces, su hija había salido de casa en su coche y ya había vuelto con la noticia de que los disparos provenían de la iglesia. El hombre llamó a su mujer —que había ido a ver a una de sus hijas casadas— para decirle lo que estaba ocurriendo al otro lado de la calle, y, cuando ella empezó a suplicarle que no fuera para allá, colgó, y sin molestarse en ponerse los zapatos se precipitó hacia la puerta principal. Su hija lo siguió, pero, pensando en evitarle todo mal, él le pidió que volviera a entrar en casa y le rellenara otro cargador. Luego siguió solo, cruzó la calle y caminó unos ciento cincuenta metros en dirección a la iglesia mientras el sonido de las ráfagas se hacía cada vez más fuerte. Estaba ocurriendo una catástrofe atroz, y aquel hombre de bien, que conocía a la mayoría si no a todos los miembros de aquella iglesia, dio un grito espontáneo con el fusil en las manos: «¡Eh!». Era un error táctico —revelar su posición al tirador—, pero, como más tarde le dijeron los supervivientes de la iglesia, el asesino dejó de disparar cuando oyó la fuerza y la ferocidad que bullía en aquella voz, y entonces, al cabo de unos segundos, dejó el fusil en el suelo y se encaminó a la puerta. Se había roto el maleficio. En su artículo, Mooney informa de que el valiente fontanero está convencido de que el Espíritu Santo habló a través de él «para echar al demonio de la iglesia».

Entonces se produjo el enfrentamiento. El asesino salió a toda prisa con el casco de visera, el chaleco antibalas negro y una pistola en la mano mientras el Buen Samaritano buscaba rápidamente refugio detrás de una furgoneta Dodge aparcada frente a la casa de al lado. El asesino disparó tres veces —una dio en la furgoneta, otra en un coche cercano y una tercera en la casa— y erró en las tres ocasiones el tiro. El fontanero hizo cuatro disparos en dos tandas, y cada una de las balas dio en el blanco. Las dos primeras en medio del chaleco antibalas, que causaron grandes contusiones en el torso del asesino, y entonces, mientras el criminal echaba a correr hacia su SUV —a unos veinte metros del Dodge—, los siguientes dos tiros dieron en el cuerpo, uno en la pierna

134

y el otro en una zona desprotegida y expuesta entre la parte delantera y la trasera del chaleco, justo debajo del brazo. Aún en pie, aún corriendo, el asesino subió de un salto al coche, cerró de un portazo, disparó dos veces más por la ventanilla de su izquierda y falló en ambas ocasiones. Apuntando a la cabeza del hombre, el fontanero rompió entonces la ventanilla del conductor con su quinta bala, y, cuando el asesino pisaba el acelerador y empezaba a alejarse con rapidez, su contrincante, descalzo, corrió hacia el centro de la calle, alzó el fusil por última vez y reventó la luna trasera con la sexta bala, que, según se descubrió después, acabó alojada cerca de uno de los omóplatos del conductor.

Primero el enfrentamiento a tiros, y luego, por un extraño giro de la casualidad, la persecución de coches a toda velocidad que siguió, porque precisamente aquel día las circunstancias quisieron que otra furgoneta Dodge se hubiera detenido frente a una señal de *stop* no lejos de la iglesia. Dentro iba un hombre de veintisiete años que había venido a la ciudad aquella mañana a ver a su novia, y cuando se detenía despacio frente a la señal de tráfico oyó el estruendoso tartamudeo de fuego de fusil que venía de la iglesia y llamó al 911. El hombre de bien se apresuró a acercarse a la furgoneta y gritó: «¡Ese tío ha estado disparando en la iglesia. Tenemos que pararlo!». Un momento después oyó el sonido de las puertas al abrirse, subió junto al conductor y los dos emprendieron la persecución del asesino, hasta alcanzar una velocidad de más de ciento treinta kilómetros por hora mientras se dirigían al norte como una exhalación por la carretera de dos carriles que serpentea por la campiña de Texas. El joven mantuvo informado al coordinador de emergencias del 911 sobre su posición a lo largo de todo el trayecto de diez o doce kilómetros, mientras en el otro coche el asesino también estaba al teléfono, primero con su exmujer y luego con sus padres, confesando abiertamente lo que había hecho en la iglesia y repitiendo una y otra vez cómo lo sentía, de qué manera tan tremenda lo lamentaba. Cerró la comunicación anunciándoles que estaba herido de gravedad y que creía que no «iba a lograrlo». Finalmente, perdió el control de la furgoneta, se estrelló contra una señal de *stop* y pasó sobre una acequia para detenerse a unos diez metros en el campo adyacente. Cuando lo alcanzaron sus perseguidores, se había pegado un tiro en la cabeza poniendo fin a su breve y desagradable existencia.

La segunda parte de la historia es una narración intrincada y compleja de los actos de un hombre y su respuesta a tales actos junto con una vasta red de fuerzas externas generadas por políticos, medios de comunicación y el espectro anónimo de la «opinión pública», que enseguida empezaron a interpretar los hechos y las respuestas del hombre a tales hechos hasta que el hombre mismo se convirtió en el símbolo de una causa nacional, a pesar de que luchó por preservar la integridad de su vida privada. Compleja, sí, pero también conmovedora por tratarse de quien se trata. El día de los asesinatos, después del baño de sangre, se vio obligado a prestar declaración ante siete organismos diferentes encargados de la aplicación de la ley con carácter municipal, estatal y federal. Tras contar su historia demasiadas veces, se desmoronó y rompió a llorar, y a raíz de ese primer acceso de llanto, informa Mooney, «recuerda que en la semana siguiente al tiroteo lloró más que en toda su vida». Unos meses después dijo a Mooney: «No estamos hechos para arrebatar la vida a otra persona. Eso hace daño. Nos cambia». O bien, como afirmó en una de las primeras entrevistas que concedió: «Estoy teniendo toda clase de problemas. No sé muy bien cuáles son mis sentimientos».

Incluso el día de los asesinatos, cuando empezaron a llamarlo «héroe», rechazó instintivamente aquellas ampulosas palabras. El 6 de noviembre, *The New York Times* citó algunas de las observaciones que había formulado a una emisora de televisión local: «No soy ningún héroe, no soy un héroe. Creo que mi Dios, mi Señor, me protegió y me otorgó la capacidad de hacer lo que era necesario. Ojalá pudiera haber llegado antes».

Lo que hace tan admirable a este hombre es la solidez de su carácter, el sentido inequívoco, lleno de sensatez, de quién es y dónde y en qué punto se encuentra en relación con los demás, porque no solo se muestra reflexivo y elocuente, sino que es honrado, lo que significa que tiene la sabiduría suficiente para comprender que no es un soldado mítico en la eterna guerra contra el mal, sino un hombre sencillo que hizo lo que pudo en circunstancias difíciles y peligrosas. Y, sin embargo, sigue atormentándolo la idea de que podrían haberse salvado más vidas si hubiera acudido a la iglesia solo quince segundos antes. Un hombre algo menos de bien se habría ufanado de su hazaña. El hombre de bien se consumía por lo que no logró hacer, incluso y especialmente cuando su hazaña fuera mayor de lo que cualquiera hubiera creído posible.

Casi de inmediato, la prensa cayó en picado sobre él mientras un batallón de periodistas se plantaba en el jardín de su casa, pidiendo a gritos una entrevista, fotografías y artículos en exclusiva, y cuando los reporteros lo convirtieron en el texano más célebre del momento y la policía municipal acabó por espantarlos de allí, los políticos fueron los siguientes en llamar a su puerta, y, uno por uno, el héroe de Sutherland Springs conoció a su congresista, al gobernador de Texas, a los dos senadores del estado y al vicepresidente, todos ellos paladines y pilares de la Asociación Nacional del Rifle, y poco después le presentaron al presidente en persona, al número cuarenta y cinco, que en aquel momento llevaba en el cargo menos de un año, y, como el enfrentamiento a tiros y la persecución en coche lo habían convertido en la encarnación de las muchas virtudes arraigadas en la política de la ANR, lo invitaron a asistir al primer discurso presidencial sobre el estado de la nación, donde lo presentarían ante el país como un brillante ejemplo de la valentía y la bondad norteamericanas, y así llevaron en avión a Washington al héroe de buen corazón, a su mujer y a su amplia familia, a quienes acomodaron en un ala de suites del Omni Hotel, donde, tal como observa Mooney, utilizó el servicio de habitaciones por primera vez en la vida.

Resulta difícil no sentir desprecio por los políticos que explotan los actos honorables de otros para promocionar su propia posición entre el público, pero aquí la situación también era enormemente compleja, porque el objeto de la alabanza de los políticos era en realidad un miembro de la ANR desde hacía muchos años, y, cuando le pidieron que apareciese en un anuncio publicitario de la organización, el hombre de bien aceptó de buena gana, y cuando unos meses después le pidieron que pronunciara un discurso en la convención anual de la ANR en Dallas, también aceptó la invitación. He visto en vídeo su discurso y me parece eficaz y de una sinceridad conmovedora, pero cuando la multitud de nueve mil asociados aclamaba cada uno de sus comentarios, yo seguía pensando en lo que él mismo había dicho después de su propia experiencia de disparar por primera vez contra alguien: «No estamos hechos para arrebatar la vida a otra persona. Eso hace daño. Nos cambia». Y, sin embargo, adopta la postura de la ANR conforme los norteamericanos tienen el derecho de armarse contra las intenciones asesinas de los demás. A la luz de lo que pasó en Sutherland Springs, ese argumento parece tener sentido y resulta bastante convincente, pero, una vez que uno se detiene a pensarlo un poco más, empieza a comprender que este caso es excepcional, tan excepcional que destaca como un acontecimiento único que no convalida la postura de la ANR sino que en realidad la menoscaba: por la sencilla razón de que la mayoría de los demás tiroteos, si no todos, son mucho más ambiguos y no pueden compararse con el escueto enfrentamiento entre el hombre de bien y el malhechor que se produjo en Texas en aquella mañana sangrienta de domingo. Hay que remontarse a 1984 y recordar el caso muy publicitado de Bernhard Goetz, el «Vigilante del Metro» de Nueva York, que mató a tiros a cuatro adolescentes negros desarmados por temor a que estuvieran a punto de atacarlo para robarle, o, si no, el caso de 2012 de Trayvon Martin, un estudiante de instituto, de diecisiete años, negro y desarmado, a quien mató a tiros George Zimmerman, de veintiocho años, porque tenía un aspecto «sospechoso». Esos dos tiroteos estaban motivados por el miedo, y, ya sea real o imaginario, el miedo no es una justificación legítima para disparar con un arma de fuego contra otra persona. Al fin y al cabo, no todos los que poseen un arma son personas tan equilibradas y dueñas de sí mismas como el fontanero de Sutherland Springs, y si, tal como argumenta la ANR, los norteamericanos respetuosos de la ley deben estar armados para protegerse contra los infractores de la ley que amenazan nuestra seguridad, una enorme cantidad de gente temerosa, con frecuencia irracional, tendrá la capacidad de tomar decisiones instantáneas que inevitablemente conducirán a más muertes de desconocidos desarmados. Poner un arma en manos de cualquiera convertiría Estados Unidos en un país de soldados y retrocederíamos a los primeros días coloniales en los que cada ciudadano era un soldado con mosquete y servía de por vida en la milicia local. ¿Es eso lo que queremos en la Norteamérica de hoy, el derecho a vivir en una sociedad en permanente lucha armada? Si el problema consiste en que hay demasiados malhechores con armas, ¿no sería más sensato despojarlos de ellas en vez de dárselas a los denominados hombres de bien, que en muchos casos, si no en la mayoría, no lo son tanto, y así eliminar el problema de raíz? Porque si los malhechores no tienen armas, ¿para qué las necesitarían los hombres de bien?

Como solía decir mi madre cuando yo salía con alguna de mis apasionadas y desaforadas conjeturas sobre cómo mejorar el mundo: «Sigue soñando, Paul».

Templo sij de Wisconsin.
Oak Creek, Wisconsin, 5 de agosto de 2012.
8 muertos; 3 heridos.

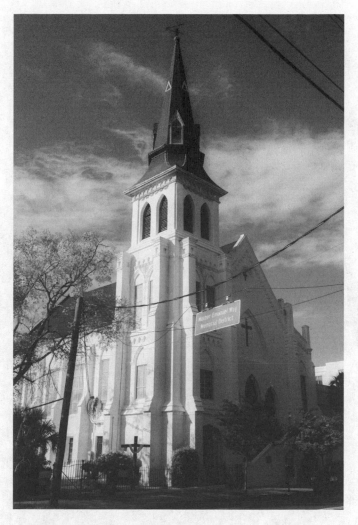

Iglesia Emanuel African Methodist Episcopal.
Charleston, Carolina del Sur, 17 de junio de 2015.
9 muertos; 1 herido.

Sinagoga Tree of Life.
Pittsburgh, Pensilvania, 27 de octubre de 2018.
11 muertos; 7 heridos.
La sinagoga continúa cerrada.
Se han establecido planes para reedificarla.

Iglesia First Baptist.
Sutherland Springs, Texas, 5 de noviembre de 2017.
26 muertos; 22 heridos.
La iglesia está cerrada para los servicios religiosos
desde el día del tiroteo.
El santuario se ha convertido en un monumento
en memoria de las víctimas.

5

Casi con toda seguridad, el movimiento en pro de los derechos a llevar armas tal como existe en la actualidad no se habría originado sin los Panteras Negras. Al mismo tiempo, es también casi seguro que las denominadas «guerras culturales» del momento actual no habrían empezado de no haber habido un movimiento a favor de los derechos civiles o si no se hubieran dado las agitaciones sociales y políticas de los años sesenta. La guerra de Vietnam dividió durante años el país, separando a la población en los bandos liberal y conservador, con extremistas a izquierda y derecha a cada lado del espectro político, y, aunque las fuerzas progresistas recibieron el grueso de atención por parte de la prensa en la época, los elementos retrógrados trabajaban con diligencia en la sombra y acabaron imponiéndose. Igual que el Sur perdió la guerra de Secesión en el campo de batalla pero la ganó en los tribunales al acabar la Reconstrucción, el reconfigurado Partido Republicano (apuntalado por la adición de antiguos demócratas del Sur) no solo ganó la batalla de las ideas sobre quiénes somos y qué deberíamos ser como nación, sino que también ha ganado la mayoría de las elecciones presidenciales desde 1968, y aunque los demócratas hayan vencido (piénsese en Jimmy Carter y Bill Clinton), han seguido la deriva a la derecha del país y no han insistido mucho en la clase de reformas internas promovidas por Roosevelt y Johnson. Añádanse a eso los amplios cambios producidos tanto en la economía norteamericana como en la mundial desde comienzos de la década de los setenta, que se han guiado por los principios de la regresiva ideología capitalista del neoliberalismo —la desregulación de la mayor parte de la industria, la destrucción de los sindicatos de trabajadores y una fe ciega en el mercado para resolver todos los problemas— y que han incrementado la brecha entre ricos y pobres a una distancia jamás vista desde la Edad de Oro, y luego agréguese el concepto extendido por Ronald Reagan de que el gobierno no es la solución a nuestros problemas sino el problema mismo (lo que, en una democracia de «nosotros, el pueblo», significaría que nosotros mismos somos el problema), y se percibe una nube anónima y amorfa de descontento que ha ido permeando poco a poco todos los rincones de la sociedad. La guinda se puso cuando Barack Obama fue elegido presidente en 2008, lo que causó que ingentes cantidades de norteamericanos retrocedieran horrorizados ante la simbólica atrocidad de ver que un Negro ocupaba la Casa Blanca, y antes de que alguien tuviera tiempo de pestañear o detenerse a tomar aliento, ya había nacido el Tea Party para aplastar a los demócratas en las elecciones a mitad de legislatura y luego seguir aplastándolos incluso después de que Obama ganara un segundo mandato, incapacitando a su Administración para aprobar toda ley de importancia durante los últimos seis años que ocupó el cargo. Su elección también instigó el movimiento Birther, obra de un millonario charlatán y vocinglero de Nueva York, y, a base de repetir su mentira una y otra vez a pesar de todas las pruebas que mostraban lo contrario, aquel personaje de extraño peinado logró convencer de sus chanchullos a casi el cuarenta por ciento de los norteamericanos. Utilizando la misma táctica, en 2016 consiguió que lo nombraran presidente, lo que provocó algo parecido a un colapso nervioso colectivo entre los norteamericanos a lo largo de los cuatro años siguientes y casi acabó destrozando el país, y aunque perdió el mandato en las elecciones de noviembre de 2020, no hay que descartar la posibilidad de que sus seguidores y él encuentren un medio para seguir destrozándolo. A lo largo de estos más de cincuenta años de conflicto nacional, las armas han sido una cuestión fundamental, la metáfora central de todo lo que continúa dividiéndonos y, a medida que se encona la batalla poselectoral, amenaza con hacernos pedazos y poner fin al «experimento americano».

El 2 de mayo de 1967, treinta miembros del Partido Pantera Negra irrumpieron en el edificio del Capitolio estatal de Sacramento para protestar contra un proyecto de ley sobre el control de armas presentado por miembros republicanos de la asamblea legislativa, y, aunque cada uno de aquellos jóvenes, veinticuatro hombres y seis mujeres, iba armado —con magnums 357 cargadas, escopetas del 12 y pistolas de calibre 45—, no estaban quebrantando la ley y en realidad tenían derecho a hacer lo que estaban haciendo, porque en California no existía la prohibición de llevar en público armas cargadas con tal de que dichas armas estuvieran a la vista y no apuntaran a nadie de forma amenazadora. Los Panteras Negras habían explotado ese estatuto en Oakland, su ciudad de origen, como una medida defensiva contra el maltrato sufrido por los residentes negros a manos de los miembros del cuerpo de policía, en su mayoría blancos, y el amenazador espectáculo de negros armados patrullando las calles de una ciudad importante alarmó tanto a los californianos blancos que la asamblea legislativa del estado resolvió poner freno a la medida y borrarla de los registros. Aquel día, Bobby Seale, presidente de los Panteras Negras, pronunció un discurso ante la prensa en Sacramento: «El Partido Pantera Negra para la Autodefensa hace un llamamiento al pueblo norteamericano en general y a la población negra en particular para que tome cuidadosamente nota del racismo de la asamblea legislativa de California, que está considerando ciertas leyes encaminadas a mantener desarmada e impotente a la población negra al tiempo que organismos policiales racistas intensifican por todo el país el terror, la brutalidad, el asesinato y la represión de la población negra». Si se da un salto de cincuenta años hacia delante, se cambia el color de la piel de todo el mundo y se sustituye la palabra *racista* por *Estado profundo* veremos que las palabras de Seale son muy semejantes a las declaraciones en favor de las armas de las organizaciones supremacistas blancas de la actualidad.

Dando otro salto de ahora a entonces, Ronald Reagan, gobernador de California en esa época, conservador de extrema derecha, salió de su despacho después de que los Panteras abandonaron el edificio y dijo a los periodistas: «No hay razón para que un ciudadano tenga que ir por la calle con armas cargadas», y que las armas «son un medio ridículo de resolver problemas que pueden solucionarse entre personas de buena voluntad».

Es importante recordar la época. Un mes después de la visita de los Panteras Negras a la capital, que la prensa denominó como la «Invasión de Sacramento», estallaba la guerra de los Seis Días en Oriente Próximo, los combates en Vietnam alcanzaban nuevos niveles de ferocidad mientras la presencia norteamericana crecía hasta más de medio millón de soldados, y al otro lado de la bahía de Oakland los hijos de las flores declaraban en San Francisco que el de 1967 sería el Verano del Amor. En otras partes del país fue el Verano Sangriento, el Verano de los Incendios y de los Cristales Rotos mientras comunidades negras empobrecidas se alzaban en decenas de ciudades en oleadas de protestas espontáneas contra gobiernos municipales y fuerzas policiales, un estallido de frustraciones y agravios acumulados que tuvo como consecuencia numerosas muertes por armas de fuego, miles de heridos, decenas de miles de detenciones y la destrucción generalizada de propiedad pública y privada. Atlanta, Boston, Cincinnati, Búfalo, Tampa, Birmingham, Chicago, Nueva York, Milwaukee, Mineápolis, Rochester, Toledo, Portland y, lo peor de todo, es decir, donde más muertes hubo, Detroit y Newark, en las que la devastación fue tan profunda que ninguna de ambas ciudades se ha recuperado plenamente en los cincuenta y tantos años transcurridos desde entonces. En 1967, la población de Detroit estaba entre 1,5 y 1,6 millones. Hoy es de 670.000.

Las agitaciones continuaron a lo largo de los primeros meses de 1968, empezando por la ofensiva del Tet lanzada por los norvietnamitas y sus aliados del sur, una serie coordinada de ataques sorpresa realizados por comandos de zapadores en más de cien ciudades y pueblos survietnamitas, y, aunque la ofensiva fue rechazada por las fuerzas norteamericanas, más de medio millón de civiles survietnamitas se convirtieron en refugiados sin techo y la estrategia militar estadounidense quedó hecha trizas, porque el mensaje era que los norvietnamitas nunca se rendirían, que seguirían combatiendo hasta la muerte de la última persona del país, y que por muchos soldados norteamericanos más que se incorporasen a la guerra, Estados Unidos nunca vencería. El 31 de marzo, el presidente Johnson apareció en televisión para anunciar que no se presentaría a la reelección, una admisión de fracaso y el lamentable reconocimiento de que el apoyo público a la guerra se había erosionado hasta el punto de que sus políticas se rechazaban. Solo cuatro días después, Martin Luther King fue asesinado en Memphis, e inmediatamente centenares de miles de personas se echaron a la calle y empezaron a romper ventanas y a quemar edificios en más de cien ciudades por todo el país. Estados Unidos parecía al borde de una ruptura apocalíptica y, sin embargo, a medida que la primavera se fundía con el verano, más habría de venir. Dos meses y un día después de que disparasen y mataran a Martin Luther King con un fusil, Robert Kennedy, en los minutos siguientes a su victoria en las primarias presidenciales de California, murió por disparos de pistola en Los Ángeles. Súmense sus edades, y el King de treinta y nueve años y el Kennedy de cuarenta y dos no llegaron a vivir la vida de un solo anciano.

La asamblea legislativa de California había aprobado la Ley de Control de Armas que desarmó a los Panteras Negras en julio de 1967, y ahora, once meses después, el Congreso de Estados Unidos aprobaba la Ley General de Represión de la Delincuencia y de seguridad en la vía pública de 1968, seguida de la Ley de Control de Armas de octubre de 1968, las primeras piezas de legislación federal relativa a las armas de fuego desde la década de 1930. Ninguna de las dos leyes poseía mucha enjundia, y demostraron ser ampliamente ineficaces, pero representaban cierta respuesta al problema nacional que era la creciente violencia armada, y la ANR de la época, en aquel entonces todavía apolítica, respaldó el esfuerzo como algo con lo que «los deportistas de Norteamérica pueden vivir». Eso dijo Franklin Orth, vicepresidente ejecutivo de la organización, pero tal como Winkler observa en su libro:

Algunos miembros de base [...] se oponían vigorosamente a las nuevas leyes y estaban furiosos con Orth. Ese grupo emergente de críticos internos estaba motivado menos por desacuerdo con los detalles de las nuevas leyes que por oposición a la idea misma del control de armas. Su actitud se reflejaba en las páginas editoriales de las revistas de la época especializadas en armas —*Guns and Ammo, Gun Week, Guns*—, en las que los artículos contra el control de armas se convirtieron rápidamente en norma. En opinión de esos incipientes extremistas de las armas, Orth y la dirección de entonces de la ANR se centraban demasiado en la utilización deportiva de las armas y no lo suficiente en la defensa personal y en la Segunda Enmienda. En una época de

crecientes tasas delictivas, fácil acceso a las drogas y des-
composición de los centros urbanos, la ANR debía ba-
tallar para garantizar a los norteamericanos la capacidad de defenderse a sí mismos contra los criminales. La
ANR, pensaban, «necesitaba consumir menos tiempo
y energía en patos y dianas de papel y más disparando
contra la legislación en favor del control de armas». Esa
facción llegó incluso a intentar que despidieran a Orth.
No lo consiguieron, pero la controversia sobre las leyes
relativas al control de armas de la década de 1960 era,
según observó un articulista, «solo la primera andana-
da de lo que iba a convertirse en una guerra abierta que
dividiría al grupo proclive a las armas durante el decenio siguiente».

Lo que ocurrió en la siguiente década fue la trasfor-
mación de la ANR en uno de los grupos de presión más
poderosos del país y su designación como portavoz principal del movimiento en contra del control de armas,
que se ha expandido rápidamente atrayendo a decenas de millones de personas en las décadas transcurridas
desde entonces. Pese a las dudosas prácticas financie-
ras de la ANR y sus recientes problemas con la ley, la
labor que emprendió en los años setenta y ochenta ha
tenido tal éxito que, con la organización para dirigir el

ataque o sin ella, el movimiento es lo bastante fuerte como para proseguir por su propio impulso. La ironía es que un movimiento predominantemente blanco, rural y conservador cobrara vida gracias a que adoptó la filosofía de las armas de un grupo que era negro, urbano y radical: la creencia fundacional de que las armas son más que nada un instrumento de autodefensa y, para citar al presidente Mao (como hicieron los Panteras), que el «poder político nace del cañón de un fusil». El peligro real o imaginario planteado por Bobby Seale, Huey Newton y sus seguidores fue esquivado por los esfuerzos de la asamblea legislativa del estado de California y luego eliminado por la consiguiente intervención del FBI de J. Edgar Hoover mediante operaciones clandestinas de su unidad COINTELPRO, que se infiltró en el grupo con informadores y agentes provocadores y, en conjunción con la policía de Chicago, recurrió a un flagrante asesinato no provocado tiroteando a Fred Hampton, de veintiún años, mientras dormía en su cama por la noche. No obstante, las ideas defendidas por el efímero Partido Pantera Negra reconfiguraron la cuestión de las armas de manera tan convincente que prendieron entre sus homólogos blancos pertenecientes al otro extremo del debate político, y, como los Panteras Negras eran pocos y los conservadores blancos eran muchos, esas ideas arraigaron y un gran segmento de la población las acepta ahora como uno de los dogmas fundamentales de la sociedad norteamericana.

Un gran segmento, pero de ningún modo el mayor, y con ese frío hecho nos lanzamos de cabeza a las oscuras aguas del caos estadounidense que nos rodea hoy en día.

Este es un país que nació con violencia, pero también con un pasado, ciento ochenta años de prehistoria que se vivieron en permanente estado de guerra con los habitantes del territorio del que nos apropiamos y continuos actos de opresión contra nuestra minoría esclavizada: los dos pecados que arrastramos con la Revolución y aún no se han explicado. Nos guste o no, y con independencia de lo que el lado positivo de Estados Unidos haya logrado a lo largo de su existencia, nos sigue agobiando la vergüenza asociada a esos pecados, a esos crímenes contra los principios en los que, según manifestamos, todos creemos. Los alemanes han afrontado toda la barbarie y crueldad del régimen nazi, pero los norteamericanos siguen ondeando banderas de guerra confederadas por todo el Sur y otras partes, y conmemorando la Causa del Sur con centenares de estatuas que glorifican a generales y políticos traidores que partieron la Unión por la mitad y convirtieron Estados Unidos en dos países. El argumento para no derribar tales monumentos es que son parte de nuestra historia. Hay que imaginar un paisaje alemán abarrotado de banderas nazis y estatuas de Adolf Hitler. «Fíjese en esa esvástica —dice el orgulloso alemán al turista norteamericano—. ¡Es parte de nuestra historia!» En Berlín hay un museo dedicado a las víctimas del Holocausto. En Washington no hay museo dedicado a las víctimas de la esclavitud. Por si alguien piensa que estoy exagerando al establecer esa relación, obsérvese que las políticas de Hitler sobre la raza tuvieron su inspiración directa en las leyes segregacionistas norteamericanas y en el movimiento norteamericano en favor de la eugenesia. Mézclese todo ello y el resultado son las leyes de Núremberg y un archipiélago de campos de la muerte que se extendieron desde Alemania hasta Polonia y que llevaron al exterminio a millones de personas.[5]

Derecho a la violencia por nacimiento, pero también un país dividido por la mitad desde sus comienzos, no

5. Para un estudio exhaustivo de las relaciones que conectan el movimiento eugenésico, las estatuas confederadas y las políticas raciales de Hitler véase el artículo de Siri Hustvedt en *Literary Hub* (8 de julio de 2020): «Tear Them Down: Old Statues, Bad Science, and Ideas That Just Won't Die».

solo entre blancos y negros o entre colonos e indios, sino también entre blancos y blancos, porque los Estados Unidos de América son la primera nación del mundo fundada sobre los principios del capitalismo, que es un sistema económico impulsado por la competencia y por tanto, necesariamente, por el conflicto, porque en el juego por acumular riqueza y propiedades —las únicas señales de poder en un país sin aristócratas ni reyes— siempre habrá algunos que ganen y muchos que pierdan, y en consecuencia cada individuo solo puede recurrir a sí mismo para hacer frente a la jungla de la competitividad febril, las batallas despiadadas y los mercados alcista y bajista, que fomentan una profunda visión del mundo, a menudo inconsciente, en la que el individuo tiene prioridad sobre el grupo y el egoísmo triunfa sobre la cooperación. No para todo el mundo, desde luego, y en modo alguno en todos los sitios y en todo momento, pero por cada ejemplo de la veintena de agricultores que se agrupan para construir un granero a su vecino o los doscientos trabajadores que se asocian para sindicar su actividad hay un ejemplo contrario que demuestra hasta dónde han estado dispuestos los peces gordos a llegar en defensa de sus intereses: la represión brutal de decenas de huelgas a finales del siglo XIX y principios del XX, por ejemplo, como cuando Henry Clay Frick, el socio de Andrew Carnegie, convocó un batallón de agentes armados de la Pinkerton para que disparasen contra los obreros de la Homestead Steel Works, en Pensilvania, o la purga sistemática de grupos políticos anticapitalistas y defensores de los derechos de los trabajadores durante las redadas Palmer de 1919, que acabaron en detenciones masivas y deportaciones de *indeseables*, o bien, recientemente, las medidas extremas adoptadas por Amazon para impedir la sindicalización de uno de sus centros de expedición en Alabama. Desde los primeros días de la República hemos estado divididos entre los que creen que la democracia es una forma de gobierno que otorga a los individuos la libertad de hacer lo que les plazca y los que creen que vivimos en sociedad y somos responsables los unos de los otros, que la libertad que nos ofrece la democracia también entraña la obligación de ayudar a aquellos que son demasiado débiles o están demasiado enfermos para cuidar de sí mismos: un conflicto secular entre la necesidad de proteger los derechos individuales y las libertades e intereses del bien común.

En ningún sitio es ese conflicto más intenso que en el actual debate sobre las armas, porque la línea divisoria filosófica entre los dos bandos es tan profunda que durante muchas décadas ha impedido que las fuerzas en favor y en contra del control de armas se sienten juntas para elaborar una solución transaccional que haga frente a la desgarradora catástrofe del exceso de violencia armada que continúa extendiéndose por todos los rincones de Estados Unidos. El punto muerto es amargo y feroz en su animosidad mutua, tanto que en los últimos años ambos bandos se han alejado mucho de lo que parece una simple oposición a la postura del otro: cada uno habla en un lenguaje diferente. Mientras, millón y medio de norteamericanos han perdido la vida a balazos desde 1968: más muertes que la suma total de todas las muertes sufridas en guerra por este país desde que se disparó el primer tiro de la Revolución Norteamericana.

Una mayoría de los norteamericanos apoya el derecho de los individuos a poseer armas, pero esa misma mayoría está abrumadoramente a favor de implantar medidas que pongan fin a la violencia mortal causada por ellas. La minoría contraria al control sostiene que la causa del problema no son las armas sino la gente que las utiliza. Ambos tienen razón y ambos se equivocan, igual que cuando afirman que el fenómeno de los tiroteos masivos es una cuestión de salud mental, porque el caso es que la mayor parte de los autores de esos tiroteos sufren trastornos mentales y emocionales, y mucho antes de cometer sus crímenes la mayoría sueña con matar a tiros a grandes cantidades de gente. El problema es que muchas otras personas albergan fantasías sobre matar a desconocidos, familiares, amigos o enemigos, pero nunca hacen nada. A nadie se le puede castigar por sus pensamientos, por mortíferos o sádicos que puedan ser, y por tanto la ley es impotente para intervenir hasta que es demasiado tarde: cuando esos pensamientos letales se han llevado a la práctica y las familias están enterrando a sus hijos.

La minoría contraria al control tiene razón cuando dice que la causa de este tipo de violencia es la gente irresponsable y desequilibrada que utiliza armas, pero decir que las armas no causan violencia no es menos ridículo que afirmar que los coches no causan accidentes de tráfico o que el tabaco no causa cáncer de pulmón. No todos los que conducen un coche tendrán un accidente, no todos los fumadores morirán de cáncer de pulmón, y no todos los poseedores de armas las usarán para mutilarse, suicidarse o matar a otra persona. Pero la gente mata a tiros a otra gente precisamente porque tiene armas de fuego, y la gente se suicida con armas de fuego porque las tiene, y cuantas más armas haya en venta y más gente haya para comprarlas, más gente se suicidará y matará a otros con armas de fuego. No se trata de una declaración moral o política: es una simple cuestión de aritmética. Distribúyanse cajas de cerillas a veinte niños pequeños en una fiesta de cumpleaños, y lo más probable es que la casa se haya reducido a cenizas antes de que acabe la celebración.

La mayoría quiere contener la violencia causada por las armas dificultando su obtención. En el Congreso se han presentado propuestas para la estricta aplicación de los controles de antecedentes personales, prohibición de adquirir armas a personas que hayan cometido delitos violentos, supresión de la fisura legal de la inexistencia de controles en las ferias armamentísticas y decenas de otras ideas sensatas que contribuirían a mitigar los daños causados por las armas, pero, debido a defectos constitucionales que han garantizado el control minoritario del Senado, es casi seguro que los republicanos bloqueen tales leyes con medidas obstruccionistas. No obstante, hay otras disposiciones que pueden adoptarse, propuestas que no dependen de la aprobación de nuevas leyes sino de la rigurosa aplicación de las ya existentes, tales como la campaña emprendida por el Departamento de Justicia para acabar con el tráfico ilegal de armas al considerarlo como un quebrantamiento delictivo de las leyes que regulan el comercio interestatal, u otra campaña similar del Departamento de Seguridad Nacional para indagar en las operaciones de grupos terroristas nacionales, de los supremacistas blancos, muy armados y aún más peligrosos, tales como aquella enloquecida pandilla de Míchigan que tramó un plan para secuestrar y asesinar al gobernador por imponer un confinamiento temporal en el estado durante los primeros meses de la pandemia. Ninguna de esas acciones pondría fin a la violencia armada, pero constituiría un pequeño aunque importante paso en la dirección acertada, y, habida cuenta de lo agudamente divididos que estamos en casi todo en esta época de furiosa discordia, avanzar unos centímetros es con toda seguridad mejor que quedarnos quietos.

Mientras, las fisuras de la sociedad norteamericana crecen sin cesar para convertirse en grandes abismos de espacio vacío.

Si Donald Trump hubiera llevado a cabo una labor incluso moderadamente acertada dirigiendo el país durante la pandemia, no habría perdido las elecciones en noviembre de 2020, pero no lo hizo y por tanto las perdió, y, una vez que empezó el último capítulo de su presidencia, el renqueante epílogo que se alargó durante dos meses y medio, se armó el gran follón y el país quedó tan maltrecho como en la época del nacimiento de la República. Nunca un candidato presidencial derrotado había impugnado el resultado de unas elecciones tan enérgicamente como él, y jamás un presidente en funciones había instigado un golpe de Estado para recobrar el poder perdido. De forma sorprendente, aunque previsible, hay millones que apoyaron y siguen apoyando su fraudulenta afirmación de que le robaron las elecciones, y, cuando una turba de sus seguidores invadió el Capitolio el 6 de enero con la intención de linchar al vicepresidente y asesinar a los principales congresistas del Partido Demócrata, solo por un absurdo golpe de suerte no se produjo la matanza de decenas de personas. Estados Unidos ha entrado en un territorio nuevo, antes inimaginable, y mientras escribo estas palabras hoy, siete meses después de que Trump dejó el cargo, nadie entre Maine y California, ni en ningún sitio entre el extremo septentrional de Minesota y la punta meridional de Florida, tiene la mínima noción de lo que pasará a continuación.

Entretanto, la violencia armada ha crecido bruscamente desde el estallido de la pandemia, saturando la troposfera norteamericana de una densa profusión de balas recién fabricadas. Las cifras de 2020 publicadas hace poco muestran que los homicidios se han incrementado un treinta por ciento con respecto a 2019 en casi todas las treinta grandes ciudades del país, y las estadísticas de la primera mitad de 2021 son aún más funestas que las de 2020. En mi propia ciudad, Nueva York, los tiroteos se ha incrementado un setenta y tres por ciento desde el mes de mayo del año pasado hasta este mayo, y las ventas legales de armas son tan sólidas que los fabricantes apenas pueden llegar a cubrir la demanda, incluso cuando el tráfico ilegal de armas en el mercado negro continúa proliferando. Según las últimas conclusiones, se ha incrementado la posesión de armas de fuego del treinta y dos por ciento a casi el treinta y nueve por ciento de la población en los dieciocho meses transcurridos desde el comienzo de la pandemia.

Mientras, el asesino de George Floyd, miembro del Departamento de Policía de Mineápolis, está en la cárcel sentenciado a veintidós años, gracias sobre todo a la mano firme y a la mirada clara de Darnella Frazier, una valiente muchacha de diecisiete años que filmó en su integridad los ocho minutos y medio de aquel asesinato a sangre fría, sin sentido, para que lo vieran Norteamérica entera y el resto del mundo. Las manifestaciones subsiguientes al asesinato de George Floyd constituyeron la única señal de esperanza que sentí por nuestro bienestar colectivo durante los primeros y sombríos días de la pandemia, cuando grandes multitudes birraciales marcharon juntas en más de dos mil ciudades y pueblos de Estados Unidos, pero aún no es seguro que esas muestras de unidad entre blancos y negros marquen un auténtico cambio en el ambiente de la nación o no sean más que un momentáneo claro entre las nubes. Pienso, sobre todo, en los policías neoyorquinos que aporreaban los cuerpos de manifestantes pacíficos en Manhattan mientras pandillas de adolescentes saqueaban tiendas en el SoHo, a solo veinte o treinta manzanas al sur, sin ningún agente a la vista. Y, cuando no pienso en Nueva York, pienso principalmente en la pequeña ciudad de Wisconsin donde hace ciento dos años mi abuela mató a tiros a mi abuelo y en que, en esa misma ciudad de Kenosha, cuando una multitud de manifestantes marchaba en agosto pasado para apoyar a Jacob Blake, un negro desarmado que había quedado paralítico después de que un agente de policía blanco le disparase siete balazos en la espalda, un muchacho de diecisiete años llegó a la escena armado con un fusil semiautomático y mató a tiros a dos manifestantes e hirió a otro, crímenes premeditados que el ya antiguo presidente aprobó como actos de «autodefensa». Luego vuelvo mis pensamientos hacia la muchacha de diecisiete años con su teléfono móvil en Mineápolis y me pregunto si el futuro le pertenece a ella o al chico de diecisiete años del fusil de Kenosha, o si el mundo seguirá siendo el mismo de ahora y el futuro les pertenecerá a los dos.

Club nocturno Pulse.
Orlando, Florida, 12 de junio de 2016.
50 muertos; 58 heridos (53 por disparos, 5 en el caos subsiguiente).
El club está cerrado desde el día del tiroteo.

Club nocturno Alrosa Villa.
Columbus, Ohio, 8 de diciembre de 2004.
5 muertos; 3 heridos.

Multicine Century 16.
Aurora, Colorado, 20 de julio de 2012.
12 muertos; 70 heridos (58 por disparos,
4 por gas lacrimógeno, 8 en el caos subsiguiente).

Ed's Car Wash.
Melcroft, Pensilvania, 28 de enero de 2018.
5 muertos; 1 herido.

Bar Ned Peppers.
Dayton, Ohio, 4 de agosto de 2019.
10 muertos; 27 heridos (17 por disparos,
10 en el caos subsiguiente).

Borderline Bar and Grill.
Thousand Oaks, California, 7 de noviembre de 2018.
13 muertos; 16 heridos (1 por disparos,
15 en el caos subsiguiente).
El bar está cerrado desde el día de los tiroteos.

Mandalay Bay Hotel.
Paradise, Nevada, 1 de octubre de 2017.
61 muertos; 897 heridos (441 por disparos,
456 en el caos subsiguiente).